朝东屋

一个村庄的百年微澜

郑嘉励 著

浙江人民出版社

图书在版编目(CIP)数据

朝东屋:一个村庄的百年微澜 / 郑嘉励著. 杭州 : 浙江人民出版社, 2025. 8. -- ISBN 978-7-213-12036-7

Ⅰ. I25

中国国家版本馆CIP数据核字第20258F3L19号

朝东屋:一个村庄的百年微澜

郑嘉励 著

| 出版发行:浙江人民出版社(杭州市环城北路177号 邮编 310006)
| 市场部电话:(0571)85061682 85176516
| 责任编辑:吴玲霞
| 营销编辑:张紫懿
| 责任校对:何培玉
| 责任印务:程 琳
| 封面设计:王 芸
| 电脑制版:杭州兴邦电子印务有限公司
| 印　　刷:杭州富春印务有限公司
| 开　　本:787毫米×1092毫米 1/32　　印　　张:8.25
| 字　　数:133.38千字　　插　　页:7
| 版　　次:2025年8月第1版　　印　　次:2025年8月第1次印刷
| 书　　号:ISBN 978-7-213-12036-7
| 定　　价:69.00元

如发现印装质量问题,影响阅读,请与市场部联系调换。

盐田

原外塘乡政府
（外塘人民公社）

新陡门

直塘

泽

朝东屋
自然村

盐田

三角眼

天字号

万

盐田

丈

塘

塘

楚

盐田

乐

清

陡门头

湾

盐田

长钓嘴码头

北

(国)坎(门)线

南

门

楚门中学

← 山外张

序

我与本书作者郑嘉励的相识，称得上是一段佳话。2010年9月，我供职的出版社承担了浙江省文物局一套丛书的出版工作，郑嘉励是其中一书的作者。作为出版方的联系人，我踏入浙江省文物考古研究所的大门，登门就教。相见无杂言，互加QQ好友后，我告辞离开。回到社里，座椅尚未坐热，突然接到郑嘉励的电话，他表示要马上来社里。再次相见，他就说："我读了你QQ空间里的文章，写得很好。我们交个朋友吧。"

这个"倾盖如故"的故事，由我来说并不合适，颇有自我吹嘘的嫌疑，但它体现了郑嘉励个性中单刀直入的直爽，有助于读者更好地"知其人，论其文"，理当公之于众。

15年来，郑嘉励是我同事之外，见面最多的朋友。我们经常吃饭，时常爬山，偶尔喝酒，是饭友、游友加文友。讨论的内容，既有今晚吃什么的浅显话题，也有如何看待人性幽暗的高级鸡汤，更有如何借助文献资料与考古现场，以同情之理解，体察历史深处蛛丝马迹的学术探讨。多数时候，我们所见略同，那些原本特立独行得不敢冒头的想法，突然找到了知音，立场就敢于坚定；一些模糊的问题，经过一言一语的刮垢磨光，也分辨得更加清晰。我很庆幸，在刚到杭州艰难跋涉的关键时刻，能有一个大我十岁的朋友赏识我、引导我、帮助我。实事求是地说，没有这段友谊，我不会成为现在的样子。

有一天他说："我们一起写一本书吧，主题是故乡。你写你的故乡垫江，我写我的故乡玉环，一个山区，一个海滨，合在一起，一定很有意思。"那时郑嘉励已经出版了好几本书，声名鹊起。能附骥之尾，是我的荣幸，我没有理由拒绝。但这个很有意思的创作计划，最后没有实施，主要原因是郑嘉励的谦虚。他看了我的文章，对我说："我和你的文字摆在一起，简直是自取其辱。""自取其辱"是他的原话，我当然不赞同。

合作出版未有下文，但写作故乡玉环的计划，他并没有放弃。摆在读者诸君面前的这本《朝东屋》，就是这个写作计划的最终成果。在内容上，它与《考古的另一面》《考古四记》《读墓》等书完全不一样。此前的几本书，写历史中隐入文献的文人，写工地上沉默寡言的技工，写田野里奋力生长的农民，着眼于他人的人生断面，克制，冷静。情感的潜流奔涌于简洁的文字底下，有冲突，却不泛滥；再加入一点高级的一本正经的幽默，好比我家乡菜肴中的花椒，撒上一把，滋味全出。而本书，某种意义上也是考古，只不过"洛阳铲"挖掘的对象，是父母，是亲戚，是作者本人那幽昧的心灵和海边村民一路行来悲欣交集的人生。《考古四记》等书，展现的是才华；而本书，展现的是勇气。尤为可贵的是，即便是在描写一生牵挂所系的故土故人，本书也没有成为情感奔涌的回忆散文，而是一部展现中国海滨之民挣扎求生、永不放弃的心灵史诗。它并不宏大，只是东海之滨的一朵浪花，但大海的雷霆万钧之势，不能说没有这朵浪花的功劳。

本书初稿写成之后，郑嘉励命我写序，以弥补合写故乡计划胎死腹中的遗憾。先睹为快之后，我对郑嘉励有了更多的了解，直截了当地说，我仿佛看到了另一个我：他从西南山地移居到东海之滨；因为贫穷，他有一点点隐秘的自卑；因为父母并不高明的见识，在成长的关键时刻无人指引，他只能在迷惑彷徨中寻找方向；也因为亲人之间并不和谐的关系，他对人生中美好的情感产生疏离；他看到故人在生存线上辗转挣扎的痛苦与努力，对于人性中坚不可摧的幽暗有少年的理解；他急迫地想离开故乡，在他人的故乡站稳脚跟后，却始终挂念故乡的一草一木，并在多年之后发现，生命中那些可贵可鄙的个性，早在泥泞的童年中就播下了种子。

山海之间，山海之外，在那些我从未听说、从未履足的角落，是不是还有很多个我？何以完全不同的土壤，养出了相似的个性？

人生的奇妙在于，相似的我们，从各自的故乡出发，最终相遇于他人的故乡。这种种偶然的相遇，宣告人生之路绝不孤独。在街角的夜宵摊和咖啡店，我们捡座位坐下，谈笑话桑麻。他捧出玉环文旦，我献出垫江白柚，这两个本质上一样的水果，使用着不同的姓名。

况正兵

2025年5月

目 录

上编 ◇ 村庄

第一章 吾乡吾土
1. 玉环、楚门与外塘　　004
2. 海塘与乐清湾　　009
3. 胡新村与朝东屋自然村　　014
4. 祖公与族居村落　　018

第二章 大家庭
1. 姑妈说　　024
2. 大伯、二伯与大姑妈　　028
3. 时代的洪流　　032

第三章 外公外婆家
1. 山外张韩氏　　040
2. 出　逃　　046
3. 外公出走以后　　050
4. 和　解　　058

第四章　老屋和新房

1. 晚清老屋　　　　　064
2. 宅基地纠纷　　　　072
3. 新　房　　　　　　076
4. 无法逃离的家乡　　080

第五章　乡亲们

1. 时代与人　　　　　088
2. 爷爷那一代　　　　095
3. 父亲那一代　　　　104
4. 新时代　　　　　　114

第六章　逝者

1. 恐惧的寓言　　　　124
2. 逝者如斯夫　　　　130

下编 ◇ 父母

第七章　我的父亲

1　从学生到农民　　140

2　生产队　　147

3　另一种可能性　　154

第八章　寻找男子汉

1　包产到户之后　　160

2　晒盐人与盐务所　　166

3　虚弱与逃避　　174

第九章　重建之路

1　信念与责任　　182

2　苦闷与生计　　188

3　叛逆少年　　194

4　父　爱　　199

第十章　我的母亲

　　1　从少女到妻子　　　　　　　　206

　　2　女人的生计　　　　　　　　　212

　　3　家庭主妇　　　　　　　　　　218

第十一章　超越轮回

　　1　人是一团情绪　　　　　　　　226

　　2　理想之家　　　　　　　　　　233

　　3　寻找自我　　　　　　　　　　240

后　记　　　　　　　　　　　　　　250

村 庄

- 上 编 -

那些没有完成的故事,是内化于自身的生命碎片。

在把故事讲完之前,我是残缺的。

完成它,灵魂才能完整起来。

是的,这一生都在做自己的拼图游戏。

——刘妍

第一章 ◇ 吾乡吾土

1 玉环、楚门与外塘

明万历四十一年（1613）四月十四日，大旅行家徐霞客登临温州乐清雁荡山顶，远眺东海，但见"海中玉环一抹，若可俯而拾也"。这一抹玉环就是我的家乡。玉环是东海中的岛屿，岛屿乃海中之山，在历代文献中，玉环岛也称玉环山。

岛上的人身在此山中，以为海岛就是全世界，山外的人看风景，那只是天涯海角，犹如传说中的远离尘嚣的蓬莱仙境，在唐代高道司马承祯《天地宫府图》构建的七十二福地中，玉环山名列"第七福地"。南宋大儒王十朋与徐霞客一样，也曾经在乐清的山头眺望玉环岛，赋诗曰："榴屿何年改玉环？望中犹是旧青山。遗民不记当年事，唯有潮声日往还。"山海交接之处

第一章　吾乡吾土

的海湾、半岛或岛屿，它的样貌，它的往事，隐没于迷雾之中，多么神秘，引人遐想。

"浙江省台州地区玉环县楚门区（镇）外塘乡胡新村朝东屋自然村"，是我家的具体地名。

浙江，无须解释；玉环，浙南的海岛；楚门是个半岛，与玉环岛隔漩门湾相望。

漩门湾，本是一道窄窄的海峡，外通披山洋，内接乐清湾，水流湍急，暗漩众多，故名漩门，在明代的海防志中，也写作"楚门漩"。1977年筑成漩门大坝，截断海峡，将岛屿与半岛地区连接起来。玉环岛和楚门半岛构成玉环县境的主体。

世上本无玉环县，明代以前只有温州（府）乐清县玉环乡。

海岛地区，通常不具备完整的文献历史。几十年来，海岛上陆续发现了先秦聚落遗址、六朝墓葬和青瓷、唐代水井、北宋盐场、南宋墓志。始知吾乡并非如古书所描述的"化外之地"，只是文人不愿费心为它留下更多的文字记录罢了。

明朝开国后，海上不太平，朱元璋下达"片板不许入海，寸货不许入蕃"的禁海令。台州、温州两府之间的海疆门户——玉环本岛，被弃置于海外，沦为荒岛。明初内阁首辅黄淮《介庵集》卷九《云松居士陈君墓志铭》载，志主陈祖昂，世居玉环岛,洪武二十年(1387)朝廷颁布迁海令后,全家迁居温州城,后来又搬到乐清瑶岙,因为瑶岙山清水秀,与玉环"隔屿以据其胜",可以抚慰思乡之苦。陈祖昂是当年众多的背井离乡者之一。

在半岛上则设置了楚门千户所城,驻扎军士,隶属于松门卫(今温岭松门镇),防御来自海上的强盗。此即今日楚门镇的前身。

明代以前的玉环和楚门史,与今天关联性不大,故而一笔带过。

民国时期的外塘乡胡新村,由朝东屋、沙蟹屋、冷饭塘、胡家(里)、张家里等自然村组成,我家住在朝东屋。这是清雍正年间玉环"展复"以后由海塘围垦起来的新陆地,介于楚门所城与乐清湾之间。

明清鼎革后,卫所制度废除,楚门所城演变成为本地最大的集镇。农历"三八日"集市,逢三逢八之日,乡下人前来楚门赶集,把老街、小菜场挤得水泄不通。新世纪以来,楚门镇的规模犹如摊大饼一般,越摊很大,早已溢出了老城范围,与外塘乡连成一片。楚门老街不复往日的热闹繁华,十字街两侧,沿街是些店铺,辅以小巷,坊巷的尺度偏小,无法停车,年轻人逐渐搬离了老城区。城墙早已拆除,但边界犹能辨认,东门、南门、北门外三面环水,是当年的护城河。西边有山,唤作"西青山",是老所城的天然屏障。楚门老街至今保存着明代所城的基本格局,尽管抗倭英雄戚继光已经离开我们好几百年了。

按照明代卫所制度,楚门所城统兵1120人,如果加上军户眷属和平民,楚门及其附近的人口想必不少。朝廷的宗旨是养兵而不耗国库,将官军士以屯田的方式自力更生。据此推知,早在明初建造所城之前,今楚门镇区域已有广阔的腹地可供农业生产。事实上,自楚门西青山起,经过三角眼,至马屁股(马山)的泽(国)坎(门)线省道的老车路,可能是早在元代就已存在的海塘。

这条海塘在明永乐《乐清县志》中称为"横山塘",在清雍正《特开玉环厅志》中称为"楚门老岸"。老岸之内,在明代以前已经淤塞成陆,遂成为楚门所城的屯田。

我家所在的外塘乡,整体在西青山与老岸以外,在明代尚未成陆,依然是一片汪洋,海浪直抵西青山脚下。所谓"外塘"者,指在楚门城外后来筑起的海塘。

儿时,我家有六七分自留地,在一个名叫"新塘"的地方,顾名思义,是外塘之外最新筑成的海塘。成陆未久,土地盐分较高，只能种植棉花、绿豆、黑豆之类的耐旱作物。今天，在新塘之外更远的地方，漩门三期工程又筑起绵延几十公里的大海塘，曾经的新塘，将再度沦为旧塘，过去的棉花地，如今已为工业园区。

考察海岛地区的历史地理变迁，海塘兴废是主要的指标。牵住了海塘的"牛鼻子"，纲举目张，历史变迁的图景就能呈现。因为海岛本是高出海面的石头山，四周并无多少耕地，今天所见的平原陆地，是历朝历代的先民挖土运石，筑起条条海塘，经过层层围垦，从海龙王嘴里夺来的。

2 海塘与乐清湾

吾乡的历史充满血泪。清顺治十八年（1661），为对付海上"反清复明"的势力，朝廷在距离海岸线30里的地方，筑起界墙，将房屋、农田、盐灶弃置于界外，居民被驱赶入界。这就是骇人听闻的"迁海令"。

玉环本岛早在明代已弃于海外，清初连楚门半岛也沦为无人区。古代的专制政权，为了巩固统治，完全不顾民众死活。只是发生在三四百年前的苦难，已为现代人所淡忘。但我们要知道，在我的家乡发生的故事将会一再证明，人们的生活与其所处时代的政治、经济、文化密切相关，每个人都生活在时代的规约之中，一代人有一代人的共同命运。时代命运有一个阈值,即一个最高点和一个最低点,人们在时代命运的阈值之间,横冲直撞,上下求索,分饰不同的角色,上演不同的悲欢。

直到清雍正六年(1728),经浙江总督李卫提议,朝廷正式批准设置玉环厅,将温州、台州两府涉及海洋事务,交付玉环厅管辖。荒废已久的玉环本岛与楚门半岛,终于得以"展复",重新开发。

海岛开发的首要任务,就是重整旧海塘,兴筑新海塘。玉环厅首任长官张坦熊,利用原先的楚门老岸兴筑楚门南塘。南塘是大规模的民生工程,雍正五年(1727)秋,张坦熊在竹冈村(今楚门镇东西村)戴明倓等乡绅的襄助下,将偌长的海塘"编为九柱",相当于9个标段,"立柱头九人",即9个塘首或包工头,每柱招募垦民20人,完成筑塘大业。此事载于清代《大筼岗戴氏宗谱》收录的戴明倓《开复玉环伊始事略》,堪称楚门开发史上的标志性事件。

筑塘围垦,充满了不确定性,即便在有利的地形条件下尝试截断海峡,恶劣的天气和肆虐的潮水也常常令人无功而返。谋事在人,成事在天,古人认为只有艰苦奋斗是不够的,必须祈求神灵垂佑,才能确保海塘合龙。清雍正、乾隆年间,以芳杜前赵的赵氏、芦浦芦岙的江氏为代表的玉环筑塘世家都是有勇气、肯冒险的塘首,他们以合股的形式筹措民间力量修筑海塘,再根据出资多少和贡献大小分配新围出的塘田——这种在传统社会里自发生成的生产"股份制",是海岛社会的一方风土所孕育的一方人文,人们克服千辛万苦,想尽千方百计,经历千灾百难,在东海之滨筑起一道道海上长城。他们是开天辟地、创造历史的先贤。

外塘,是楚门南塘以外的新海塘,清同治九年(1870)由时任玉环厅同知黄维诰捐廉银全线建成,南端始于楚门镇龙王村平顶山脚下的陡门头,北端止于清港镇的泗头岭,塘线甚长,俗称"万丈塘"。

海塘筑成后,时日稍久,塘内逐渐淤塞成陆,海水逐渐化为咸淡参半的"淡水冲",继而彻底淡化,淤土终成农田,这是"沧海桑田"成语的本意。在海塘与内河交接的地方,建起一座座沟通内外的陡门(水闸),以时蓄泄,大大小小的河流,通过不同的陡门,流入乐清湾。

乐清湾,古称歧海,也称白沙海,早在明代以前,官府便设有官船,往返摆渡于乐清县东与玉环本岛和楚门半岛之间。沿岸河汊众多,带来丰富养料,海塘之外的滩涂地,最宜养殖鱼、虾、蛏、蚶。很多人向往阳光、沙滩、海浪、仙人掌的海南三亚或夏威夷的海滩度假胜地,而嫌弃海水浑浊、泥质滩涂的东海,但在海边的乡下人看来,沙滩中看不中用,不能吃,不能穿,远不及吾乡的"美食渊薮"乐清湾来得实惠。

在老辈人的传说中,过去的海面上时常有海蜇漂浮,月夜当空,泛起点点银光。吃不完的海蜇,当咸菜腌起来,从今年吃到明年,从明年吃到后年,吃到所有人倒胃口为止。春夏之间的大黄鱼汛期,大黄鱼成群结队而来,盛况空前。我曾在玉环岛上的鲜叠镇见到1968年建造的信用社,装饰墙头正立面所镶嵌的白色石头,正是大黄鱼的耳石。大黄鱼亦称石首鱼,主要栖息于沿岸和近海水域,所谓石首,即黄鱼脑袋上的耳石,因为大黄鱼"首有二枕骨,在脑户中,其坚如石,故名"。当年没有马赛克,鲜叠信用社便以黄鱼耳石作为墙面装饰。一条大黄鱼有两颗耳石,这面亮晶晶的墙头,少说牺牲了两三万条大黄鱼。泛滥的大黄鱼,当年贱如草芥,今天花再多钱也买不到正宗野生大黄鱼了。

大黄鱼的灭绝是考察东海人地关系变迁的一面镜子。从明清时期到20世纪60年代,渔民捕捉大黄鱼流行敲罟的作业方式。敲罟是利用声波原理的捕鱼法,中间的两艘大船,张好大网,再用二三十条小船在大船前头围成半圆圈,两艘大船和数十条小船的组合为一艚。一艚之中,每艘小船3人,一人摇橹,另外两人敲打竹板或绑在船帮上的竹杠,发出巨大的合音,声波传入海水中,引起大黄鱼的耳石共振,致其昏迷死亡。然后,船队合拢,将昏死的鱼群赶入大网。洋面上,千帆齐发,大鱼小鱼,一网打尽。新中国成立后,一度禁止这种灭绝性的捕捞法,但在1960年前后的"三年困难时期",敲罟作业再次复苏,直到1975年最终被禁止,但此时,大黄鱼已所剩无几,至80年代几乎绝迹。至于海蜇,自从柴油内燃机船横行于海上,燃油泄漏在所难免,海蜇亦随之销声匿迹。

吾生也晚,未及见当年之盛况。儿时曾在滩涂上捡拾海螺蛳,抓过招潮蟹,捕过弹涂鱼,钓过海蜈蚣和无数有名无名的小鱼。20世纪90年代后,随着海塘不断向外推进,滩涂地辟为工业开发区,工业污水直排入海,连生命力顽强的棉花、绿豆、黑豆等耐旱作物都招架不住,更遑论弹涂鱼、招潮蟹等小动物。时代确实在进步,渔民驾驶着铁皮壳轮,配备先进的声呐探测仪和卫星定位系统,渔网也更大更结实了,只是大黄鱼绝迹已久,东海不再是过去的东海。

3 胡新村与朝东屋自然村

待海塘内全然成陆,旧海塘失去御潮功能,逐渐沦为大大小小的道路(塘路)。南塘退化成的道路,即今楚门镇楚柚北路,外塘退化后,即今胡新村内南北向的主要道路。

塘路上依然保留着几个陡门,我家后面的石板砌筑的陡门,名叫"新陡门",同治九年(1870)由贡生赵起辰等捐资所建。每当陡门开闸放水,河水奔腾入海,卷起朵朵浪花,令人目眩神迷。骑自行车的人,经过陡门,都要下车,推车穿过。

若干年后,塘路之外又会筑起新的海塘,然后,新塘又成旧塘,最终又沦为村庄里的一条道路。这么说吧,与海岸线大体平行的条条大路,原先都是海塘,越靠近大海的,年代越晚。

海塘向外拓展的进程就是海岛地区开发的历史进程。

我家所在的胡新村，位于外塘内外两侧。"胡新"行政村的得名，源于最早徙居此地的胡姓人家，朝东屋北面的自然村"胡家"，至今仍为胡氏族居之地。"胡家"与"新陡门"，各取一字，便是"胡新"。

乐清湾的滩涂地既多蛏田、蚶田，也可辟为盐田。种田和晒盐，是乡民的两大生业——外地朋友误以为海边人必然以讨海为生，实则不然，胡新村的主业是种田和晒盐，讨小海充其量只算补充性的副业。

在人民公社时代，外塘公社（乡）一共有11个大队（行政村），其中8个盐业大队，3个农业大队，并无渔业大队。名义上，胡新是盐业大队，实际中，种田比晒盐更加重要。

为保佑海塘永固，塘头或陡门头必建有庙宇。前文所述的楚门南塘，有南塘头庙；新陡门附近则有朝东庙，庙宇坐西朝东，故名。我家所在的自然村，早期民居亦多朝东开门，故称"朝东屋"。

塘头庙，通常也是自然村的保界庙。庙里的神祇，可以是筑塘的塘首，可以是平水大王（即治水英雄大禹），也可以是土地公或龙王爷，殊无一定。朝东庙里供奉着三大王，可能是三官大帝的别称,谁知道呢?保界庙内的神祇接受本保界内民众的祭拜,神祇收礼办事,负责本界的平安。一个保界,多为一个自然村,个别会包括两三个自然村,但绝不会覆盖到整个行政村。传统社会的"保界"概念,与其说是行政空间,不如说是民间的熟人社会自发形成的精神文化空间,一个松散的崇尚实用的信仰空间。有人爱赌博,请神于平水大王庙,在家供起来,保佑他赢钱,不曾想连续输钱,平水大王只收礼,不办事,不够朋友,气得他把神位扔进了烂稻田。

朝东庙,是朝东屋自然村的保界庙。保界庙的神灵所管辖的范围,就是村民认同的自然村的边界。与山区不同,海滨围垦形成的自然村落,一般都有明确的地理边界,例如朝东屋,东、北两面到河流,西、南到塘路,清晰可辨。如果再加上保界庙的观念的边界,不同的自然村,拥有各自的区域认同,不会混淆。

清雍正至同治年间,南塘与外塘之间的田地,官府划分为十块号基,以《千字文》"天地玄黄,宇宙洪荒"编号命名,招徕各地民众前来耕种,向他们征收皇粮。

朝东屋东南方向的村庄,名叫"天造",在通往楚门镇的路上。我经常感叹"天造"之名,如天造地设一般,不像朝东屋那样土气。其实,"天造"原来是"天字号"的连读音转,而朝东屋所在地块原名"玄字号"。

外塘之外,还有众多的小塘和支塘:沙蟹屋塘、冷饭塘、没水塘、横塘、新塘等,后来陆续新筑的小海塘,犹如树干上派生出来的枝枝杈杈,枝杈内的新围之地便以冷饭塘、沙蟹屋为自然村名,因为较朝东屋成陆更晚,靠海更近,地势也低。我爷爷生前对此引以为傲,说,台风天,发大水,海水淹过人家冷饭塘的屋顶了,却只能到我家的地枕头。地枕头,就是门槛。

"展复"后,官府发布招垦令,招徕福建、温州、台州等地移民前来垦荒。与安土重迁的农耕社会不同,海岛本来是"风里来,浪里去"的流动性社会。此前,官府偶尔招募荒岛垦民,但不允许他们携带家眷,以免移民结巢生根,惹出事端。而清雍正六年(1728)的玉环"展复",是浙江总督李卫深思熟虑后的决策,一开始就欢迎垦民携带家眷前来落户。

来自四面八方的移民,在玉环定居下来,流动性的"无籍之徒"变身为定居的"编户齐民",他们带来各自家乡的民俗和方言,台州话、温州话、闽南话、其他的话。

4 祖公与族居村落

我的祖先,明末自闽南漳浦县迁徙至温州府瑞安县沙洲(今属瑞安市陶山镇)。乾隆年间,始迁祖郑士宝响应官府号召,又从瑞安辗转迁来外塘"玄字号"地块落户。成陆未久的田地并不肥沃,士宝公为何相中这块"天晴无水吃,落雨无路行"的地方?待考。可以明确知道的是,一个世纪后,这村庄的人口十之八九是郑氏宗姓。张氏聚居的自然村称为"张家里",胡姓聚居地称为"胡家",朝东屋其实也能叫"郑家"。

士宝公,是朝东屋郑氏宗亲的始迁祖,即祖公。祖公娶妻陈氏,生了6个儿子:六大房派,各自繁衍,在村庄里,以大房派人丁最兴旺,我家出自二房。如果祖公算一世祖,我叫郑

第一章　吾乡吾土

嘉励，按照家谱行辈起名，"嘉"字辈成员，正好第八世。家父"钧"字辈，是第七世，爷爷"锦"字辈，是第六世。

祖公有6个儿子，6个儿子又生了一群孙子，这是他唯一传世的事迹。至于祖公的其他故事，喜怒哀乐，悲欢离合，我一概不知。祖公不曾留下别的文物，除了一座坟墓。祖公坟位于龙王村的山坡上，简陋的墓面，镶嵌着斑驳的墓碑："士宝公，生于雍正壬子（1732），卒于嘉庆庚午（1810），娶孺人陈氏。"

祖公坟是重要的家族遗产，风水好坏，决定着子孙的福祸贵贱。吾乡有句俗话，说某家出了读书种子、富贵人物，那是因为他家的"祖公坟闪起"，意思是祖公坟头闪出一道金光。

鉴于祖公坟的重要性，清明节必须上坟祭祀，除非人家绝了子嗣。上坟的仪式越隆重，就越费钱。祖公坟附近，有族人购置的一份田产，田租收入专供墓祭。祖公田轮流由同族子孙耕种，今年轮到谁家，就由谁家负责献祭。

为了妥善照管祖公坟，三房派徙居到了墓地附近的村庄，照例子孙绵延。一百多年后，我们之间的血缘已经相当疏远，在我祖父一代就出了五服，彼此既无来往，形同陌路。

祖公坟、祖公田、守墓人，最初的制度设计，用心良苦。只是再好的制度也敌不过岁月的磨蚀，随着血缘的疏离，今年的礼数减损一点点，明年继续减损一点点，如此这般，不出几代人，祖公坟终告荒芜，当年的祖公田，全都造了房子。

也许是怠慢祖公坟的缘故，郑家始终不曾大富大贵。当然，这句话反过来说，可能更加符合史实，郑家始终没有发达的人家，故而祖公坟日渐荒芜。从清代中期到民国年间，家族从未出过秀才举人、达官贵人，能够为国家民族贡献的只有战乱年代的壮丁、饥饿年代的苦力、太平年代精打细算的小地主。

爷爷、奶奶省吃俭用，在解放前购置的那点田地，若与黄岩、温岭县温黄平原地区的大地主相比，只是小巫见大巫，但在1950年，足以让他们在家乡的土改中被划分为地主阶级。

1972年，我出生于朝东屋的"地主"之家。在1991年上大学之前，户口一直都在朝东屋，这里是我最早接触并窥探世界的窗口。

朝东屋总共30多户人家，两百来个男女老少，除去一二杂姓，两百年前是同祖公的一家人。在人民公社时期，胡新大队一共分为20个生产小队，从朝东屋自然村开始编号为第一、第二生产队，沙蟹屋是第三、第四生产队，冷饭塘是第五、第六生产队。把好端端的一家人，分化成两个不同的组织，人们分属不同的生产队开展生产劳动。我家属于第二生产队，我从小以二队为荣,与别队的孩子斗嘴,就说"一队懒、三队馋、二队搞生产"。第一生产队的孩子不服气,遂改为"二队懒、三队馋、一队搞生产"。屁股决定脑袋,孩子们把主语颠来倒去,可以斗上大半天的嘴。

1982年全面取消人民公社,重新设立乡政权,家乡改回了"外塘乡胡新村朝东屋自然村"的本名,再无一队、二队之分。挺好,大家本属一家人。

孩子之间的打闹,会动辄唐突自家的伯伯或叔叔,甚至打哭自家的爷爷或阿公。决定孩子地位高下的不是辈分,而是拳头。力气大,会打架,能说会道的,大家怕他、服他,推举他当大王;身材瘦弱,个性软弱的,大家就合伙取笑他、欺负他。

在传统农村的人情社会,既有乡亲们互助互爱的一面,也有嫉妒和竞争的一面。善恶参半、慕强凌弱、趋利避害的人性,从孩子身上就能看出端倪,大人的世界更不例外。

在这充满田园牧歌情调而又遵循丛林法则的熟人社会,每个人的成长历程,都有说不完的故事。

第二章 ◇ 大家庭

1　姑妈说

传统家庭主要指父、己、子三代人,最高可推广到出于共同祖父的全部人口。严格定义的家庭,指三代人非但"同居",而且"共财",大家拥有共同财产,在一口灶上吃饭。在1963年分家之前,我家正是"同居共财"的大家庭。

我爷爷1903年生人,卒于1996年。他是个细致人,80多岁还能读《三国演义》《水浒传》,用小楷毛笔抄写《金刚经》。在1971年至1990年的年历书上,爷爷记录了不同时期的物价,关秧田和割稻的时节,生产队的总工分,以及分番薯、晒谷子的窍门,言简意赅。例如,1976年6月某日爷爷记载,"谷81斤,做米56斤,吃17天",据此计算出米率69%,56斤米吃17天,

第二章 大家庭

平均每天约3.29斤大米,加上番薯、萝卜等副食,可以满足五六口之家的淀粉摄入需求。

我奶奶的娘家在清港镇芳杜乡樟岙村,她年长爷爷两岁,按乡下的说法,妻子年长丈夫一岁,压过一头,预示着女强男弱,不吉,但年长两岁甚好,旺丁旺财,是理想的贤内助。爷爷奶奶共育有三个儿子、两个女儿。家父出生于1939年,上有两个哥哥、一个姐姐,下有一个妹妹。

2013年9月,大姑妈送孙子到杭州上大学。在杭州西溪湿地,我和妻子、孩子租来一条游船,陪同大姑妈一起泛舟河上,在碧波荡漾之间,大姑妈和我说起了大家庭的往事。

大姑妈生于1934年,只知生日,却不记得具体的生辰八字。据说八字极其凶煞,不但克夫,而且短寿。爷爷奶奶把她送到尼姑庵,虔诚地许愿,请道行最高的老尼姑起名字,又虔诚地还愿,总算化险为夷,渡过命定的劫难。这逢凶化吉的名字,后来登记在她的身份证上——郑沁春。

她是大家庭中的首个女儿,自小受爷爷奶奶宠爱,八字从此讳莫如深,无人提起。转眼她已是80岁的老人,一生固然坎坷,但总算磕磕绊绊地都过来了。

她自认为一生顺遂,如果心态更好一点,简直可以用"完美"来形容，曾经凶险的生辰八字，仿佛是古老的八卦掌故，在谈笑之间，灰飞烟灭。

大姑妈的童年在宠爱和呵护中度过，这是一生的财富和底气。人到晚年，依然对人生和人性持有许多不切实际的乐观预期。她格外感恩亲情，三句话，必有一句提及父母，也就是我的爷爷奶奶。

在西溪的游船上，她说："与我不同的是，你大伯从小不招你奶奶喜爱。"

我问："大伯是大家庭的嫡长子，何以至此？"

"你奶奶有个古怪脾气，专跟你爷爷作对，看到长子已经有你爷爷宠爱，她偏就不上心。你二伯出生后，她更喜欢二儿子，心思就更不在你大伯身上了。你父亲生不逢时，前头已经有两个吃饭如狼似虎的儿子，你奶奶最不喜欢你父亲，在她看来，这完全是计划外的生育。当然，你小姑妈也是多余的孩子。"她说。

多子多女的大家庭，父母多爱幼子。南宋袁采《袁氏世范》分析道，大儿子长到五六岁或更大，开始叛逆，"多端乖劣，或损动器用，冒犯危险，凡举动言语，皆人之所恶"，而一二岁的幼儿，举动言笑，正值可爱之日，父母对长子之爱遂移到幼子身上。《袁氏世范》因此提醒为人父母者不能太偏心,否则会导致子女日后怀怨、反目。然而,家父是个例外,完全不符合《袁氏世范》的经验之谈。

家父不招爷爷、奶奶喜爱,可能另有原因。家父生于1939年上半年,大伯长子嘉进生于下半年,长房长孙的降临,夺去了上一代人本该分配给家父的爱意,毕竟爱是一种有限的情感资源。《袁氏世范》"祖父母多爱长孙"条曰:"父母于长子多不之爱,而祖父母于长孙常极其爱。此理亦不可晓,岂亦由爱少子而迁及之耶?"隔代亲乃人之常情,爷爷奶奶本该给予幼子的爱转移给了长孙。至于对待大伯的二儿子嘉坚,爷爷的感情又淡薄许多,嫌弃嘉坚性格鲁莽愚钝,像一头蛮牛。

析产之前,大家庭合在一起生活,家父与嘉进虽为叔侄,却是同龄人。二伯、大姑妈、家父长期念书,而嘉进、嘉坚早早辍学,做体力活。在大家庭中,有的是生产者,有的是消费者,有的经济贡献大,有的贡献小。父母对子女总有偏心,不可能一碗水端平。在子女们各自成家之前,人际关系貌似和睦,实则暗潮涌动。分家后,一旦有利益冲突,新账老账一起算,矛盾错综复杂。俗话说"清官难断家务事",是至理名言。

2 大伯、二伯与大姑妈

父母的态度和言传身教,对孩子的一生影响巨大。大伯是大家庭中最有才华的男子,人高马大,能文善武,年轻时教过书,办过戏班子,做导演,编剧本,跑过码头,唱上海滩的时髦歌曲,样样无师自通。但他不恋家,不顾家,做事无常性,专爱往外头跑,挣钱快,花钱也快。从我记事起,大娘几乎就独自生活,他们的四个孩子(二子二女),没有一人念到初中毕业。大家庭素有尊师重教的传统:1952年二伯在念高中期间参军,后来考上军校,大姑妈考进上海医学院,即便像父亲这般不受宠爱,只要愿意念书,爷爷奶奶砸锅卖铁也要供他念高中。"读书改变命运"是流在大家庭血液中的信念,小姑妈没念过中学,那是因为1957年后家庭成分不好的孩子不能上大学了,只好放弃。大伯的四个子女都不念书,是大家庭中的异数,与大伯不顾家的性格脱不开干系。

大伯到60岁后,玩够了,也玩不动了,于是出家做和尚。晚年,把楚门小竹岗的济理寺打理得井井有条,唯独对家庭事务能躲则躲,出家人身份是逃避责任的合理借口。他广泛结交朋友,说话慷慨激昂,却从不愿意花费心思在家人身上。2010年,大伯去世,享年90岁,临终前,他流着眼泪,言语之间,对子女似有忏悔,对陪侍身旁的大姑妈说:"得不到母爱的孩子,多么可怜。"大姑妈说,一个缺乏被爱体验的人,确实很难学会爱别人。

与此相反,大姑妈人生的底气,来源于从小获得父母无条件的接纳和关爱。1954年她考入上海医学院,是朝东屋有史以来第一个大学生。毕业后,短暂地在上海当过医生,后来到温州卫生学校教书。1994年退休之前,是那所学校的校长。

我的孩子当时还是小学生,在学校里习惯了校长训话的派头,特别敬畏校长,听说面前貌不惊人的老太太竟是校长,肃然起敬。我说:"不要大惊小怪,校长算什么,医生才厉害呢。"

我说:"过去我不喜欢医生,做大夫的,一生阅人无数,刀下死鬼无数，这行当跟屠夫差不多。现在改主意了，医生是个好职业，看众生来去，赤条条来，赤条条走，容易把人生看通透，医生群体中隐身着很多哲学家、文学家，中国最硬的骨头鲁迅先生就是学医的。"

"人生一辈子，求生存、求知识、求智慧，苦难重重，如果到最后都没把自己混成哲学家，等于虚度人生。"我继续发扬着我的学说。

大姑妈说："你从小就爱胡说八道，一点也没改变。"

大姑妈说起她的大学以及在上海的短暂工作经历，连同当年的艰苦生活都是美好回忆："你爷爷很节俭，上学时，在油灯下读书，为了省油，灯芯剪得很短，我很早就近视了；我出门到上海，一身被铺，用麻绳一扎就上路了，也没个箱子；念大学，衣裤的补丁是全班同学中最多的；1960年，你爷爷来上海玩，他从未到过大城市，说二十四层楼真高，仰望大楼，草帽都掉到了地上；在上海逛公园，我在你爷爷衣兜里揣两块饼干，他能够在外头逛一整天……"

在上海工作期间，大姑妈认识了大姑父。姑父后来调到温州工作，她就跟随到了温州，结婚成家。姑父是山东人，十来岁时与哥哥一块出门讨饭，哥哥被国民党抓了壮丁，败退台湾。

哥哥失联40多年后，直到1994年才从高雄回来，二人在温州团聚。大姑父运气好，加入中国人民解放军，参加过渡江战役，是建立新中国的功臣。一起出门要饭的两兄弟，在懵懵懂懂之间，走上两条截然不同的道路，除了造化弄人，不可能有别的解释。

大姑父是大老粗，后来上夜校，学了文化，才能识字读报。女大学生爱上大老粗，在今天无法想象，如果重返当年的历史情境，一切合情合理。在新中国的社会各阶层中，以军队干部的政治地位最高，家庭成分不好的女子，嫁给军人最有安全感。而大姑父甘愿牺牲政治前途的风险与"地主囡"结婚，必然出于真挚的感情。大姑父貌似大老粗，实则心思细腻，温柔体贴。他们成家后，夫妻恩爱，白头偕老。2016年大姑妈去世，与姑父合葬于温州西山公墓。她自认为人生圆满，确有理由。

3 时代的洪流

与大姑妈不同,家父的经历要坎坷许多。大姑妈说,家父是大家庭中的读书种子,可惜生不逢时。1957年反右运动之前,不论家庭成分,只要成绩优秀,地主子女可以上大学,只在专业上有所限制,例如不能念理工科的国防科技、文科中的外交专业之类,农业、畜牧、矿业、医学等专业向所有人开放。1958年后,各地开群众大会,地、富、反、坏、右等"黑五类分子"都要排队低头进场,平时还要负责打扫村庄里的环境卫生,老老实实接受贫下中农再教育,"黑五类分子"的子女不允许上大学。60年代,更发展为"老子英雄儿好汉,老子反动儿混蛋"的血统论。1959年,家父受累于家庭成分被退回原籍,

第二章 大家庭

如果大姑妈晚生几年,也将毕生躬身田亩,绝无可能上大学。除了造化弄人,不可能有别的解释。

念书折损了父亲的劳动力。父亲不擅长农活,念书时博闻强记的优点,种田时派不上用场。回乡务农,对家父打击至深。父亲与周边环境的疏离,在生产队中遭受歧视,母亲长期抱怨父亲的懦弱与无能,是我成长经历中很难走出的历史悲情。这话题将在后面再谈。

土地改革是一场翻天覆地的革命,唐宋变革、明清鼎革、辛亥革命的历史影响固然深远,但均未触及乡村的根本改造。种地织布,纳粮缴租,老婆孩子热炕头,几家欢喜几家愁,不管外头如何风云变幻,老百姓的生活世代如此。1950年6月中央人民政府公布的《中华人民共和国土地改革法》,把土地从地主手里夺回来,分给广大人民群众。根据土地多少,将农村人口划分为地主、富农、中农、贫农、雇农等不同阶级成分。从此,以阶级斗争为纲的政策延续了近30年。

与土改配套进行的是"镇压反革命"运动。1950年10月中共中央发出《关于镇压反革命活动的指示》,重点打击特务、土匪、恶霸地主、反动党团骨干和反动会道门头子。如果赶在风口上,解放前担任过乡长以上"伪职"的都会遭到严厉惩罚。

土改和"镇反",双管齐下,砸碎旧世界,建立新中国。至1952年底,农村的乡绅和地主阶层全部消灭,党组织和人民政府的领导力量扎根到基层社会,所谓"皇权不下县"的历史传统由此改观。

革命不是请客吃饭。不经过秋风扫落叶般的运动,革命的胜利成果就无法迅速巩固下来。土改、"镇反"的正面历史意义,无论怎么高度评价都不过分,当然,摧枯拉朽的运动必然改变了一部分人的命运。在国家民族的宏大历史叙事中,个体命运或许微不足道,但在以个人为中心的微观叙事中,那些失去一切的人,关于家庭和个人的荣辱悲欢,却是人生的全部。人生在世,每个人首先是普通人,其次才是别的社会身份,我们首先应该从人的生活和尊严的角度看历史,其次才是国家民族的视角。在普通人看来,孟姜女哭倒的长城是苦难徭役的载体,但站在国家民族的角度,长城是国家安全和民族精神的象征,如何调和这两种不同的视角与价值观,需要智慧,也需要勇气。

阶级斗争必然需要树立敌人,也就是斗争对象。解放前夕,爷爷田产不多,有20多亩稻田,9支盐田(1支约等于3亩),与大地方的地主相比微不足道,但在朝东屋村的土改中被划分为

第二章　大家庭

地主，大部分田地和房屋被没收。在时代的变局中，地主自身有无原罪？地主的子女如何理解历史？个人是时代的尘埃，在国家和民族的根本利益面前，是否必须让步和牺牲？

这一切，我无法回答，大姑妈也不能。但她说，多年以后，回头看历史，也许可以看得更清楚。

大姑妈说："你爷爷的田产固然不算多，在朝东屋则是一群矮子里的最高个，在海滨乡下拥有三合院的人家不是地主，谁是地主？这不存在错划成分的问题。好在你爷爷为人厚道，并无血债。我亲眼所见，你奶奶对待长工就很刻薄。不妨退一步想，为什么有人是'开明士绅'，有人是'恶霸地主'，那是要枪毙的，你爷爷只是'普通地主'，吃过一点苦头，但不多，因为人缘好。为什么会这样？"

"当年，有位长工给我们家放牛，牛跑了，你奶奶非逼着人家赔钱不可。长工筹不到钱，但求缓期赔偿。你奶奶不近人情，死活不同意。你爷爷只好拿出私房钱，买来一头牛，说是长工赔的，暂时蒙混过关。"

大姑妈举例说明爷爷的厚道，从而在土改中保全了自己，若把人家逼到走投无路，真有可能犯下血债。后来，爷爷未受到太大的冲击，与二伯参军有关，作为军属，多了一层保护；

主要还是为人厚道，邻里之间，较少龃龉。

外塘乡中山村的王咏樵先生，其父王洪宝以经营木材生意致富，家有上百亩良田和上百支盐田，富甲一乡。1940年，"白皮红心"的王咏樵以地下党员身份担任东方小学校长，支助红十三军的革命事业。鉴于其革命贡献，王家在土改中非但未受冲击，反而深受人民政府和群众的尊重。新中国成立之初，王咏樵作为国家工作人员，供职于温州、舟山专署盐务局。1958年后，社会风气趋"左"，王咏樵遭开除返乡。1980年才恢复党籍和公职。

故事的细节，无法逐一核实。我只是尝试着理解历史，人生终究无法选择出身和时代，个体在时代洪流中载浮载沉，一切皆有因果，有多少人力不可抗拒的因素，又有多少人情世故可以左右的变量？

在"文化大革命"期间，家父在生产队里挨批斗。批斗会上，表现最积极的竟然是嘉进，他按着家父的脑袋，逼迫家父跪在碎玻璃上。

嘉进，2004年患癌症，同年去世。他在杭州半山肿瘤医院住院期间，我前去看望。因为宅基地纠纷，我们两家已有20年互不往来。他对我的到来，又惊又喜，那种表情，我至今未忘。

第二章　大家庭

嘉进临终前,大姑妈问他:"人家毕竟是你亲叔叔,按脑袋这种事情,怎么着也得让别人去干吗?"

嘉进说:"我的家庭成分也不好,只有表现得更积极,才能划清界限,确保自己更安全。"

大姑妈说,人之将死,他的说法是可以接受的。我认同大姑妈的多数说法,唯独对这几句话,认为是她为嘉进转述的开脱之词,不足采信。嘉进的行为对家父造成了伤害。

大姑妈自我评估人生圆满,又远离农村的矛盾旋涡,谈论往事,容易超脱,坦然接受时代和命运的一切安排。而我的父母,也包括我,对往事就不容易释怀,至今不肯原谅嘉进的"恶"。

那场针对父亲的批斗大会,发生于1971年农历三月初九晚上。50多年后,母亲始终清晰记着具体的日子,说明她依然未与往事和解。

第三章 ◇ 外公外婆家

1　山外张韩氏

我没见过我的外公。

1996年，在一架自台北出发的飞机上，辗转香港、上海机场，最后回到家乡的，是一个骨灰盒。一块红布包裹着一个盒子，里头住着外公。

大舅舅去上海接回骨灰。在深秋之日，外公终于回到外婆身旁，入土为安。合葬仪式上，舅舅们和母亲大都沉默，偶尔抹一下眼角的泪水，自始至终，没有人为此放声哭泣。

母亲从未向我描述过关于外公的任何一件有头有尾的故事，因为母亲对她的父亲也不熟悉。母亲1945年生人，1949年底外公"下海投敌"，后来远赴台湾，从此杳无音讯，当时母亲只是

第三章　外公外婆家

个四五岁的孩子。在母亲的幼年,外公多数时间在外头混,不太顾家。严格说来,母亲等于从小没有父亲。

我很早就知道,外公住在台湾。他是逃过去的,否则会被枪毙,因为是"坏人",毕竟好人无须逃命。

我家在东海之滨的外塘乡胡新村,外公家在龙溪乡山外张村的山脚下,中间隔着大山头(楚门丫髻山),虽只有一山之隔,但以当年的交通条件,俨然是两个世界。

我是海边人,外公是山里人,在农耕时代,山里人的日子通常比海边人好过,山里的姑娘一般不愿意嫁到山外尤其是海边乡下来。过去的小山村,有固定比例的痴呆儿,主要是近亲结婚的缘故。

过去没有自来水,山里人饮用清澈的山溪水,海边人的饮用水则直接取自河水。即使用明矾沉淀,河水依然有一股泥腥味,几乎每个孩子都有蛔虫,常闹肚子痛。许多人家的门口备有贮存天落水的水缸,为了清洁,水缸里会养几只螺蛳、几条永远长不大的小鱼。比起河水,天落水毕竟没有泥腥味,但时间稍久,也会发臭,无数能屈能伸的孑孓,在水缸里舞蹈。

过去也没有煤气,海边人的柴火主要靠稻草。稻秆是贴地收割的,在打稻机上脱粒后,捆扎成草把子,支在田间地头,犹如清晨在操场上列队的少先队员。草把子晒干后，拉回家，在家门口垛起状若亭子的草垛，称为"稻秆亭子"。垛稻草亭子是个手艺活，只有经验丰富的老农才能搞定，否则会漏水，稻秆要烂掉。稻草是重要的生活物资，除了当柴火，还可以喂牛、垫牛栏、编草绳、打草鞋。"文化大革命"时期，吾乡流行"上半夜，学毛选，下半夜，偷稻秆"的说法，生产队集体到别队偷稻草，彼此偷来偷去，不以为怪。

稻草不足的部分，则需要购买煤炭，或者以木匠作坊里的刨花和锯木粉为补充。爷爷在1978年的历书中曾有记录，"买木锯末（锯木粉）210斤，8.4元，每斤4分，晒干的每斤5.3分；卷树废（刨花）100斤，5元"。燃料是海边人一笔不小的开销，不像山里人有漫山遍野的免费柴火。总之，在农耕时代，山区的日子比海边好过。直到改革开放后，滨海地区得风气之先，交通也便利，始后来居上。

1966年下半年，母亲嫁到海边乡下，因为家庭成分不好，"地主囡"没有挑肥拣瘦的空间，找到门当户对的老实男人嫁掉就不错了。这个老实男人就是我父亲，一个高中毕业生，同样受累于家庭成分回家务农。结婚时，家父已过27周岁，当年的农村普遍早婚，家父的晚婚也是因为长期找不到对象，有个门当户对的女人匹配就不错了。

说起来,外公家,老底子是个体面人家,远比我爷爷家厉害。外公的祖父名叫韩姬宗,据《光绪玉环厅志·人物志·选举》,"同治十三年(1873)岁贡,光绪登极,征孝廉方正,廷试以知县签分江西"。孝廉方正,是清代特设的制科,自雍正年间始,新皇帝嗣位,诏直省、府、州、县、卫各举孝廉方正,以备召用,送吏部考察后,授以知县、候补知县及教职不等。光绪元年(1875),韩姬宗躬逢其时,以新鲜出炉的贡生身份,被浙江巡抚杨昌濬荐举为"孝廉方正"。

这点功名只够让韩姬宗浮沉于官场的基层,却足以让韩家在龙溪乡下成为名重一方的乡绅。在1949年编修的《楚门韩氏宗谱》中,韩氏家族竟然被夸张地描述成"世代簪缨,为邑之望族"。

光绪二十一年(1895),韩姬宗署理江西兴安县(今江西上饶市横峰县)知县。光绪二十三年,偕侧室徐氏由江西返乡,途经安徽九华山,偶遇福建信女,分食其供佛用的闽南文旦。因为文旦清甜可口,随手带回几颗文旦种子,种植于山外张的屋前大院,繁殖成林。此即玉环文旦之起源。

文旦是柚子的一种,大概楚门水土特别适合柚子生长,如今蔚为吾乡名产。前些年,在楚门镇新建的湖滨公园中,韩姬宗与玉环文旦的故事是公园主题浮雕的题材。近年,该故事还被搬进了新建的玉环博物馆。

外公祖上的老宅,在一个叫作"花岩浦"的地方,老屋早已拆除,只剩下旗杆石,记录着韩姬宗的功名。在海岛乡下,这点功名值得立旗表彰。在2007年开始的"玉环县第三次全国文物普查"中,孑然独存的旗杆石被当成文物,为文物部门登录在册。2009年底,我冒充省里的文物专家,对玉环文物普查成果进行验收,听完文物普查工作人员的报告,简直想脱帽致敬。

民国年间,山外张韩氏经营轮船公司,往返于楚门与温州、温州与上海之间,混迹十里洋场,耳濡目染,韩家在山外张建造起仿西洋建筑样式的洋房。儿时,我住在外婆家,常到山脚下一个名叫"洋钿门"的地方看露天电影。听名字,还以为是用银洋钿(银圆)镶嵌装饰的门头呢,其实"洋钿门"乃"洋台门"之音讹。西洋风格的大房子,扎眼而高调,人称洋台门,作为山村的地标性建筑,继而演化成地名。

山外张韩氏与坎门世家郭氏联姻。外公的姐姐,即家母的姑妈,名叫韩月仙,上世纪20年代,嫁给坎门郭云章长子郭世祺（其弟郭世祯，毕业于杭州国立艺术专科学校，雕塑家，玉环烈士陵园、温州华盖山公园的工农兵主题雕塑，均出自其手笔）。郭云章的父亲郭国芳，是晚清大商人，创建坎门"郭源顺"商号，生意兴隆，名扬浙南。据说，韩月仙出嫁之日，韩家卖了十几亩田地作为嫁妆，十里红妆，排场甚大，沿途民众围观，无不艳羡。一口气卖十几亩地，韩家的派头，非我爷爷这种小地主可比。

2　出　逃

外公,1910年生人,属狗,在上海的大学念法律专业。据说读书并不特别出色,但喜欢绘画、做诗文。据1949年《楚门韩氏宗谱》卷首《韩君玉梁事略》记载,抗战时期,外公(韩玉梁)一度乡居,在地方甚有名望,"对静坐养生之道颇有心得",平素好园艺,喜欢为果木枝接栽植,"家有文旦一种,已接植成园矣"。这么说来,外公也算玉环文旦培植的有功之臣。《宗谱》是他窜逃台湾前夕编纂成书的。

当年的读书人,古风犹存,好作旧体诗。1944年,外公有感于日寇侵略,赋诗曰:"苍狗白云雪里鸿,驹光容易又春风。三年家国兴亡恨,都付忘忧酒话中。"旧体诗这种文体,与今天的微博、微信类似，读书人稍加训练，应该都会。

毛止熙，是民国玉环县的最后一任伪县长，1950年在上海被逮捕，并遭镇压。他的弟弟毛光熙是"国大代表"，与外公旧交，两人趣味相投，诗文唱酬，没做过什么好事，但也不至于欠下什么恶贯满盈的血债。

玉环解放后，毛光熙抛下妻子，独自出逃台湾。他的妻子是个瘦弱女子，住在楚门老街，活到了21世纪初。

外公当过伪乡长，为国民党的反动统治效劳过，但他不是国民党员，勉强算乡绅，国民党的基层统治主要依靠在地方有威望的文化人。其实，乡长是个苦差事，既要催租，又要抓壮丁，事务繁剧，不见得所有人都乐意担当。外公还曾经受邀出任丽水景宁县司法处代检察官，因为人民解放军渡江在即，未能赴任。

1949年4月7日玉环本岛解放，但附近的鸡山、大鹿、小鹿、披山等离岛，依然在国民党反动派的控制之下。1950年至1955年间，国共两军在此拉锯多年。1951年，盘踞在披山的国军一度攻占楚门，打开粮仓，抢劫了楚门老街东门的银行。因为形势特殊，在1950年至1952年的镇压反革命运动中，玉环的形势格外严峻、肃杀。直到1955年1月18日，人民解放军采取陆、海、空三军协同作战，解放一江山岛，震撼了败退至台湾的国民党当局，迫使国民党军撤出大陈诸岛，玉环始告全境解放。

时势纷扰，为求活命，外公犹如丧家之犬，一度流亡于温州、台州之间。在1949年4月至1950年的春夏之交，海岛地区有很多机会下海逃难。海边常见捕捞虾米的小舢板，只要愿意给渔民支付一笔钱财，一苇以航，不用一两个钟头，就去了国民党军队控制下的鸡山、披山或大陈岛。毛光熙和外公都是这样逃亡的。毛止熙比较麻痹大意，自以为像前清官员一样，只要告老还乡，还能过太平日子，结果当然不如其所想。

据说外公曾经短暂藏身于一户朱姓人家的谷仓里，吃喝全靠这位毫无阶级立场的好心人救济，逃过一劫。母亲的一个姐姐后来嫁给朱家，据说为了酬谢他们的救命之恩，这是外公临行前的嘱咐——这种事情在任何时候说来都不光彩，我是最近才从老辈人那边听来的。

1950年初，有个小篾匠，摇着舢板，偷偷地把外公送到玉环对面由国民党军队控制下的鸡山岛，继而去了大陈岛。据1987年台北市温岭同乡会编印的《温岭县续志稿》，外公曾经待在时为国民党伪温岭县政府所在的大陈岛，作为发起人之一，与陈仲秀、林位东（曾任民国温岭县副县长）等官场文人在1950年7月组织了"大陈十景"诗的征集活动。《温岭县续志稿》收录有韩玉梁《大陈十景·风岭古垒》诗："岭南垒北多雄姿，烟墩苍茫耐我思。战绩犹存空吊古，后人还待吊今时。"诗意寡淡。林位东《大陈十景·骑龙远眺》诗："四顾群山眼底收，海天深处望神州。故乡回去无多路，谁驾慈航一叶舟。"倒是表达了民国"丧家之犬"的故园之思。大陈岛与温岭、玉环，一水之隔，隔开了你死我活的两个不同世界。1955年2月，外公随国民党军队败退台湾，从此杳无音讯。

革命军民追究小篾匠的通敌罪行。小篾匠说，人家叫我帮忙，报酬是两担谷子，我吃不饱饭，觉得买卖挺合算，就是这样而已。小篾匠的话，句句在理。革命军民原谅他是苦出身的大老粗，也就不追究了。

3　外公出走以后

外公与外婆，共育有7个子女。母亲1945年生人，上面有3个哥哥，2个姐姐，下面有个弟弟。外公出逃后，外婆及其子女们依然生活在山外张。

外婆是温岭城南小闾村人，不识字，连名字都不会写。母亲至今想不明白，旧社会的读书人为什么会娶一个不识字的女人。其实不难解释，文盲女子容易被规训，更听话，更顾家。革命军民要外婆交代通敌罪行，她吓得发抖，本来就说不清楚话，经过一番恐吓，更没了任何有价值的特情敌情线索。于是被强制劳动，以赎罪愆。外婆是个缠小脚的女子，她挑过重担，修过海塘。

第三章　外公外婆家

劳动改造之余,需要定期向民兵早晚汇报、交代思想。母亲曾经陪同外婆去乡政府里汇报,小脚走不快,稍有迟到,民兵干部就挥拳砸得桌子"砰砰"响,甚至会亮手枪,外婆和母亲都吓得说不出话。

小时候,我喜欢住在外婆家,外婆家是水泥地,山上有我家没有的橘子和文旦树,家门口还有鲜红的月季花。在记忆中,她从来不出门,与大儿媳、二儿媳处不好关系,几乎不与大舅、二舅家来往。经常坐在院子里发呆,一听到山下的"洋钿门"传来高音喇叭的声音,就跑进屋子,躲起来。

她最常讲的故事是梁山伯与祝英台,她把好吃的东西留给我,从不骂我,更不打我。但她少有笑容,整日忧心忡忡,以致我现在回想童年,总有一种挥之不去的阴郁感。

外婆喜欢我母亲和我。我在外婆家住过一段时间,总要回家。离开之前,外婆每次都依依不舍,我们已经走得很远很远了,还能看到外婆站在院子里,直到我们翻过大山头消失在她的视线之外。小院子里芝麻点大小的黑色身影,是我最早体验到的人间温情之一。

后来,外婆生了一场怪病,日渐消瘦,怎么也治不好。去杭州的大医院检查,据说是胃癌。大姨妈嫁在杭州,家里有一大堆事，照顾不过来，大舅舅、二舅舅又不肯到杭州来，外婆的病未经彻底治疗就回家了。大姨妈曾经回忆，如果当时好好治病，也许外婆不会死得那么快。

家里请来了道士，是个瘦老头。外婆躺在床上，大热天的，身上盖着厚厚的蓝花布被子。道士念念有词，在空气中挥舞着柴刀，最后画了一道符，朝符上喷了一口水，说："好了，放心吧，妖怪已经被我拿下了。"

妖怪终于没有被拿下。在1979年乍暖还寒的春天，外婆去世，终年69岁。道士是楚门街东门头人，我上中学时，还曾在上学路上遇见他，他笼着袖子在墙角晒太阳，与满街的糟老头子没有两样，怎么可能会有驱魔降妖的法术？

临终前，外婆的床头有几个橘子。我跑去拿橘子，她竟然拒绝了我，她说，这一次她想留给自己吃。然而第二天，她就走了，这几个橘子，终于不曾吃完。

外婆平躺在门板上，门板由两条长凳架着。门板不宽，长凳在门板之外露出短短的一截，其上摆着一盏菜油灯。大家彻夜守护长明灯，不让灯火熄灭，否则外婆会摸黑到阴间去，路上不好走。昏黄的灯光，照在消瘦的脸庞上，外婆没有了呼吸。

无论我如何呼唤，她再也不愿理我。我哭了，邻居见了，

第三章　外公外婆家

都夸这孩子懂事。

外婆安葬在距家不远的一个朝南的山坡上,山坡上有阳光雨露,有风声雨声鸟叫声,但愿她不会太寂寞。

外婆没有留下照片,遗像是大舅舅根据记忆画的。人们都说不像,我终于记不清她的模样。

外婆去世后的最初几年,母亲经常躲在屋里无故痛哭,一边哭,一边诉说着听不懂的话。哭声哀怨曲折,似有旋律。我坐在屋外的门槛上,第一次知道,大人也会像孩子一样哭泣,无休无止地哭泣。

而外公,他在台湾,不知道这边发生的一切。

20世纪80年代,两岸通信后,外公终于寄回了第一封信,里头有张照片,大概是他特意到照相馆拍的,西装革履,头发梳理得一丝不苟,果然像个"坏蛋"。

照片背后,是用毛笔题写的一首旧体诗。"物换星移四十霜,平生亲故几凋伤。儿时门巷今何似,梦里溪山日渺茫。逆旅浮生俱是客,天涯海角久为乡。暮年拭目升平日,雁茗香鱼许再尝。"生逢离乱,回首前尘,茫然自失,他含蓄地表达了有生之年重返故乡的愿望。

我们感觉自己有很多话想对他说,而他的家书,除了照片,只有八句话56个字,如果换一首七言绝句,也许只有28个字。

后来,外公在台北死了。他当过教师,卖过画,在台湾不曾娶妻,领养过一个义子。大概在台湾过得落魄,他很少说起那边的生活与工作,也可能是舅舅和母亲都不愿意过多提到他,就像母亲说的,多少年前的事情了,说他有什么意思呢。

1996年,外公的骨灰从台湾回到故乡。在外公、外婆完成合葬后的第二年,大舅妈病逝;三年后,小舅舅身患严重的肺病,挣扎到2003年,也撒手人寰,年仅54岁。

小舅舅与母亲最亲,母亲伤心地说:"早知如此,就不应该让你外公的骨灰回家。他让我们吃过多少苦头,现在日子刚刚好过一点,他一回家就有诸多的不顺当,让他死在外头好了。"

往事令人心碎,可是无法安慰。对母亲来说,外公"下海投敌"后,她相当于自幼丧父,非但缺乏父爱,这个父亲反而给她带来无尽的恐惧和羞辱。母亲对外公缺乏感情是可以理解的,准确地说,不是缺乏爱,简直就是恨。

不明白的是,1988年两岸开放探亲后,外公本可回家,但他没有,或许是生活落魄,又或许是风烛残年,健康状况一般,已经不足以支持他踏上返乡之路。

2005年夏天,我第一次去台湾,独自走在台北的街上。台

第三章　外公外婆家

湾历史博物馆的门口,坐着一位孤独的老人,脸上布满皱纹,身下铺着一叠报纸,像个流浪汉,也像是走失的老人。热风吹过来,报纸的一角,一阵阵拍打着地面,把四个漂亮的汉字——《中国时报》,一会儿盖住,一会儿展开。我猜想,这大概是外公寓居台湾时的样子吧。

外公逃亡后,其堂弟在1950年被正法。当时,母亲5岁,小舅舅2岁,三舅舅11岁,大舅舅、二舅舅和两个姨妈已超过16岁。

放在国家和民族的宏大叙事下,此事微不足道,但涉及具体的当事人,却是一辈子的梦魇。家庭变故,带给母亲的心灵创伤深刻而持久。她严重缺乏安全感,经常抱怨人世险恶,害怕周边人议论她、歧视她、欺负她。

谢天谢地,母亲和小舅舅当时年纪还小,不用直接面对生活,另外的几个舅舅则已长大成人,尽管苦难当前,好歹都度过了危机。

三舅舅,自幼是讨小海的能手。听母亲描述三舅舅少年时期的聪明伶俐,常常令我想起鲁迅笔下的少年闰土:"深蓝的天空中挂着一轮金黄的圆月,下面是海边的沙地,都种着一望无际的碧绿的西瓜,其间有一个十一二岁的少年,项带银圈,手捏一柄钢叉,向一匹猹尽力的刺去,那猹却将身一扭,反从他的胯下逃走了。"

1950年前后,三舅舅正值青春期,加上生性敏感,经此家庭巨变,精神状况出现问题。大家不知道他得了什么病,就说是神经病。三舅舅常常也坦承自己是"神经病",抱怨人生艰难,甚至愿意向人袒露内心的痛苦。

后来我有了一点心理学知识,以为他的"神经病"比较蹊跷,因为世界上很少有承认自己有病的"神经病"。然而,当周边环境都认定他有病,那么他就有病,最后他承认自己也有病。

我曾经尝试还原当年的场景。父亲的出逃,亲人的死亡,他一定吓坏了,世界崩塌了,在担忧与恐惧中,出现狂躁和幻觉。没有人能够体验并理解他的痛苦和恐惧,于是都说他有病。

我曾相信三舅舅是"神经病",却又发现他的"神经病"与众不同,他的言行没有侵略性,状态好的时候,说话有条理,拥有正常的劳动能力,只是经常烦躁不安,需要借助药物入眠;当他不愿意搭理别人,就以自己有病为由,央求大家不要跟他一般见识。

三舅舅毕生未婚,孤苦终老。2007年,三舅舅去世。我既伤心,又为他的解脱而庆幸。我不曾向三舅舅询问过往事,这是无法弥补的遗憾，但相信他是被突然降临的巨大苦难所击垮的，在此之前，他是正常而活泼的生命。人生是不断闯关打怪的障碍赛，关关难过关关过，每闯一道关口，便前行一步。一旦绊倒，有人能够重新站起来，继续向前跑，有的人却永远倒下了。面对同等强度的苦难，人类的天性和勇气不同，应对方式也不同，命运便随之不同。

4 和 解

像外公一样出逃台湾的玉环人不少,1988年两岸开放探亲后,毛光熙先生回到大陆居住,人民政府待之以上宾礼,统战部门更有诸多优惠政策,台属家庭成员有担任民办教师者优先予以转正,子女参加高考有照顾加分。毛光熙在统战部门的欢迎会上十分激动,表达了"渡尽劫波兄弟在,相逢一笑泯恩仇"的心愿。往事无法重来,历史不能假设,但活到1988年并成功返乡的老人,确实拥有了与历史和解的机会。"世事一场大梦,人生几度秋凉",毛光熙的兄弟毛止熙未能出逃,则遭遇了不同的命运。

外塘乡中山村胡万满(民国时期曾担任外塘乡长)父子,

也在当年出逃台湾。2024年1月家父昏迷住院，同病房的胡云辉先生正是胡万满之孙。胡云辉，1941年生人，年轻时以烧造砖瓦为业，落下肺病，晚年病情加重，喘气困难。

在玉环市第二人民医院的住院部，胡云辉告诉我：他爷爷、父亲到台湾后，住在高雄。父亲在台湾重组了家庭，育有6个同父异母的兄弟姐妹。奶奶和母亲则留在老家，在历次运动中吃过不少苦头。1980年，从台湾寄出辗转美国或香港而来的家书，胡云辉及其弟弟胡红光不敢私自拆封，必先主动呈交楚门派出所。派出所的同志看了，不过是亲人之间嘘寒问暖的话语，遂将家书还给他们。

1988年后，胡云辉的爷爷和父亲多次回家探亲，玉环县统战部长专程登门拜访，说："如今拨乱反正，台湾亲人的来信，我们再也不用藏着掖着，躲在簸箕下读了，从此要把来信放声大胆地念出来。"后来，胡红光作为台属当选为玉环县政协委员，曾经陪同他奶奶到高雄与爷爷团聚。

胡云辉的爷爷和父亲均死于台湾，骨灰回归故里，下葬于龙王村。胡云辉说，他与台湾的同父异母的兄弟姐妹们至今仍有来往，2023年的清明节，台湾亲人还带领下一代前来玉环上坟呢。

胡云辉最后说:"我们一家人的好日子,要感谢邓小平。"

外公和胡万满先生一样逃亡台湾。但胡万满最终归来,成为人民政府张开双臂欢迎的上宾,迎接妻子到台团聚,海峡两岸的亲人至今互通音问,就此而言,胡万满实现了与历史的部分和解,赢得了与妻子、子女修复情感的机会。而外公承受了时代的所有悲剧,至死未能获得子女谅解。

"命运"二字,可以拆分开来解释。命是命,运是运,彼此关联,而不等同。命是不以个人意志为转移的自然规律和社会法则所决定的常量,运是通过自我主体性可以调整的变量。时代是命,是常量;个体是运,是变量——不同个体以不同的自身努力和选择,改变生活轨迹,从而反转命运。

是的,人永远有选择!外公、毛光熙、胡万满拥有类似的命定劫数,却走过不同的人生轨迹。暮年的胡万满,历经艰辛,重返故乡,与往事和解,此即古人所谓之"转运"。明代劝善书《了凡四训》"命由我作,福自己求"的主张,确乎有其朴素的真理性。

儿时,从我家去外婆家的路上,经过一个名叫山后浦的地方。山脚下有座新坟,没有墓碑,一抔黄土,堆成馒头形状。

母亲说,这是童天南的坟墓。童天南,楚门小竹岗人,家庭成分不好，个性又强。生产队孤立他，不给他安排劳动，不分他粮食。他走投无路，仿造粮票，因此被捕，并以造假粮票的罪名被判处死刑。于是，山后浦多出一座坟茔。

母亲反复讲这个故事，了无新意。她说，伪造粮票、钞票是杀头的罪，但童天南实在没办法呀。童天南的故事在楚门家喻户晓，1984年我到楚门中学念初中，班上的同学都知道伪造粮票被枪毙的童天南，并传说他是个非常聪慧的人。这是个隐喻，象征着人们在时代规定性之下的共同命运，以及生存竞争环境中如影随形的不确定性。

外婆去世后，我到外婆家的次数明显少了。

第四章 ◇ 老屋和新房

1 晚清老屋

郑家祖屋的三合院,建于晚清时期。我的曾祖父郑日奎,绰号"小缸爿",小缸爿的哥哥郑日江,绰号"大缸爿",三合院是大、小缸爿兄弟共有的房产,正屋是两兄弟公用的。

大缸爿的房派,人丁不旺,儿子是过继来的,只住在北厢房,他嫌弃屋基不好,把北厢房转让给某富农人家,迁居到了与朝东屋隔着一条河的村庄。小缸爿一房,到我爷爷这一代,原本挤在南厢房,大缸爿搬走后,正屋全部归属了小缸爿。

土改后,正屋的一半被没收,分配给了贫下中农。1963年,大家庭析产前夕,家父依然打光棍。大伯年逾不惑,他的长子嘉进已于1962年成家,次子嘉坚比家父小不了几岁,他们一大

第四章　老屋和新房

家子住在未遭没收的另一半正屋里。

二伯军校毕业后，留在陕西汉中，大姑妈在温州工作。当年的宅基地并不值钱，长年念书又耗费了大家庭的一笔钱财，二伯表示不参加财产分配，许诺将属于他的那份房基交给家父托管，只要回家探亲时有个落脚地方即可。嫁出去的女儿泼出去的水，并无资格分配家产。小姑妈不育，被人退了婚，遂继续留在大家庭中。

于是，爷爷、奶奶、小姑妈与家父等另一大家子，全部挤在南厢房。二伯、大姑妈回家探亲寄宿于此，1972年我也出生于此，所谓老屋者，狭义所指，即三合院的南厢房。

老屋，三开间，两层楼。当心间作为堂屋，两次间作为卧室。爷爷奶奶的柴灶位于堂屋的后部，灶前设有木楼梯，通到楼上。

大家庭的宅基地，大多分给了大伯及其两个儿子嘉进和嘉坚。1970年拆除正屋，嘉进和嘉坚各自建造了新房。大伯不顾家，只建了一间小矮屋，坐落于老屋的东南前方；嘉进的新房子，坐落于老屋东侧；嘉坚家位于老屋西侧，都是本地常见的石头屋。嘉进家的门楣上绘有红太阳等时尚图样，墙角种上一排向日葵，一望便知是户紧跟潮流的人家；嘉坚家穷得叮当响，石头墙上既无粉刷，更无装饰。

就这样，一东一西的石头屋，加上前面的小矮屋，把晚清老屋整体包裹起来。房屋之间的隙地，胡乱地生长着苦楝树、棕榈树。吾乡把苦楝树叫作"哑巴树"，说小孩子吃了楝果子会变哑巴，其实楝果子苦涩无比，鬼才要吃呢。棕榈可以做蓑衣，但棕榈树种子也不是好东西，据说母鸡吃了不生蛋。老屋门前的空地，偶尔会种甘蔗，这是好东西。

1966年，父亲与母亲结婚后，以老屋的西次间作为新房，将东次间的前头辟为灶房。东次间的后头是奶奶的卧室，爷爷住在奶奶的楼上。1979年奶奶去世后，爷爷才搬至楼下。我喜欢躺在爷爷的椅子上，读林汉达的《中国历史故事》，偷吃木箱子里深藏的大姑妈用来孝敬爷爷的温州瑞安生产的"擒雕牌"炼乳。那时候，二伯与小姑妈均无分配宅基地的诉求，你的东西是我的，我的也是你的，一家人其乐融融，不在话下。

我还是介绍一下老屋的建筑吧：硬山式的屋顶，灰瓦两面一铺。台风天，瓦片乱飞，叮叮当当。屋顶每隔一段距离，就用几块石头压着下面的瓦片。

屋脊的两端，高高翘起，雕塑出卷云的模样。这是老屋外观为数不多的装饰，我在其他地方见过许多徽派建筑，雕梁画栋，举凡历史故事、瑞兽花卉、各色杂宝，只要民众喜闻乐见，一律往上堆，雕镂太过了，不觉其美，反倒以为俗气，于是由衷感慨吾乡建筑的简朴大气。但话说回来，吾乡之大气，与审美无关，只因为海边人比不上徽州、金华、宁绍等地的有钱人，学不来人家的俗套，俗气是很花钱的。

老屋的两侧山墙，以块石垒砌，以蛎灰、黄泥为黏合剂。海边蛎壳多，蛎灰窑也多，以牡蛎、蛏子、毛蚶的贝壳烧灰，白烟蔽日，很呛人，捏着鼻子憋足一口气穿越浓烟，依然被呛到流眼泪。制成的蛎灰，撒在水田里，嘶嘶的冒烟，可以杀虫，可以调节田地的酸碱度，用来砌墙弥缝，结实又牢靠。

老屋前壁的底层，以大石板竖砌而成。块石和石板，是家乡常见的建筑材料。毫无疑问，我的家乡有很多采石场。温岭"长屿硐天"，如今是著名景观，其实是个石板矿，因为开采历史悠久，规模宏大，采石留下的洞窟，格外壮观。吾乡的石头，以龙王村所出者最佳，号称"龙王石"。有一次，龙王村的某个采石场，坍塌了，死人了，死者是每个家庭最壮的劳力，其亲属呼天抢地的哭喊，我至今未忘。

我从小崇拜石匠，他们的双手能将岩石切割成整齐的薄片，也能将不规则的块石垒筑成壁立的墙头。上学后，读过《从百草园到三味书屋》《故乡》,才知道有个名叫鲁迅的人,有可能比吾乡的石匠更加伟大。

老屋内的泥土地面,不曾经过严实地夯打,坑坑洼洼,每逢雨季南风天,湿滑得像个溜冰场。我喜欢住在外婆家,主要因为外婆家是水泥地。

楼上的柱梁、楼板,有火烧过的痕迹,是我爷爷儿时玩火所致。在西边间楼上的隐蔽角落,存放着两口棺材,时常有野猫跑来产仔。我不敢靠近棺材,但大人们说,这是奶奶出嫁时最重的嫁妆,"有官有财",寓意吉祥。

奶奶去世后,楼上只剩下一口棺材。

西边间的楼下,是父母、哥哥和我的卧室。卧室内有两张床:一张是大眠床,床后掩藏着三五个米缸和一个粪桶;一张是囥床(囥,在方言中有"储藏"之意),床板下有两个储藏谷物的大木柜,睡在谷柜上,皮肤会发痒。我和父母睡大眠床,哥哥独自睡囥床,哥哥因此常常抱怨父母偏心,但父母认为大的就应该让着小的。朝南的窗户下方,摆放着长桌子。白天,父母坐在桌前,为玉环县工艺美术厂加工剪纸和书签。我坐在囥床上,读小人书,看父母专注工作的背影,听他们说说笑笑,真是童年记忆中的美好时光。

第四章　老屋和新房

奶奶去世前几年，经常坐在当心间的门槛上，听到远处长钓嘴码头轮船的汽笛声，就说大女儿从温州回来看她了。门槛上的门板，最是妙用，可以卸下来，当午休的床板，支在两条板凳上，也可以当乒乓球台。乒乓球，几分钱一个，破了，贴块胶布，还能继续用。乒乓球在台子上，不合逻辑地弹跳，既锻炼孩子的反应能力，也能给孩子带来欢乐。

民国时期，老屋四周还有一圈围墙，从我记事起，已拆除殆尽，只剩下南边的一堵高墙。顺着墙脚走几步，在靠近村口的位置，有一座碉楼。在楼下可以看到墙头的几个枪眼。

那年头，海上有土匪，常有打劫、绑架之事发生，围墙和碉楼因此而建。当然，任何高大建筑也有另外的功能，那就是标榜主人的富有和体面。考究一点的民居、碉楼，在实用之外，以壮观瞻，兼具炫富的功能。

台州、温州沿海的碉楼，今日存留尚多，多为民国遗物。远望像是瞭望台，也像碉堡，吾乡称为炮台，其实碉楼之上至多不过几杆洋枪，从来不曾架起过威武大炮。

玉环县芦浦镇分水村半山腰的碉楼，建于1929年，块石砌成，共有三层，内设木楼梯，可以登临远望，外墙周身枪眼密布。如今，碉楼荒废，楼板糟朽。碉楼的主人是梁姓地主，据说曾被海上的土匪绑架过,家人以三千大洋赎回。回家后,筑起碉楼以自保。

老人说,"东洋人乱"的时候,日本鬼子杀人放火,无恶不作,海边才会有那么多的碉楼。其实,土匪的成分很复杂,有落草为寇的亡命徒,也有以剿匪为名趁机打劫的官兵。很少有人能够真正说明白,于是万般罪恶皆归诸"东洋人"。是的,日本鬼子确实坏。

从我记事起,炮台就不曾发过一枪一炮。但在爷爷的话语中,废弃已久的炮台,关乎家族的荣辱。土改后,碉楼的主人多数被划为地主。碉楼被没收为集体财物,或拆除,或为堆积集体杂物的库房,或者分配给贫下中农作住房。1986年,嘉坚从集体手中购回碉楼的一小部分,爷爷很高兴,说碉楼被没收之前,本来就是我们家的,总算物归原主。由此可知,革命年代的口号"不忘阶级斗争苦",也不能说没有一点道理。

围墙的前方,有一条不大不小的河流。清晨,河边传来家庭主妇洗衣棒槌的声音,啪嗒啪嗒,节奏明快,响彻整个村庄。我每天都在这样的声音中醒来。

夏日的夜晚,河边坐满乘凉的乡亲。在河边,我听过世界上最活泼的故事,比方说,有个"长脚老五",双腿高得不得

第四章　老屋和新房

了,蹚过东海,腿上沾满虾米,回家洗脚,虾米倒满一稻桶;在河边,我听过世界上最糟糕的故事,比方说,有个不正经的女人,偷人,第二天出门,被雷劈死了。

2　宅基地纠纷

有人说,中国传统民居最大的好处,就是讲风水,冬暖夏凉。不知道说这种话的人有没有到东南沿海的乡下实地调查过,就我的生活经验所及,并非如此,老屋夏日的闷热,冬日为北风所破,自不必提,每逢台风天,屋漏有如筛子。

到了我上小学的年龄,老屋破败得实在无法住人了,父母开始酝酿建造新房。建房是农家的头等大事,父母多年省吃俭用,能力犹有不逮,向小舅舅借了1000多元钱,到1988年才全数还清。小舅舅没收利息,其间通货膨胀了好几轮,这笔巨款差不多有一半可算无偿赞助。

说得好听一点,家父生性恬淡,随遇而安;说得难听一点,

第四章 老屋和新房

家父对生活要求不高,得过且过;说得中性一点,怕麻烦乃人之常情,尤其是造房子这种繁剧事务,但凡修修补补可以凑合,家父就不愿意推倒重来。但母亲个性好强,在村庄里要面子,这建新房的计划,箭在弦上,非发不可了。

从计划建设到新房竣工,三五年间,父母不知吵过多少回。争吵并不回避孩子,隔三岔五,就能看到父母吵架,然后是旷日持久的冷战,接着又是新一轮热战。

当真下定了决心建房,父亲就担负起男人的责任。做墙基和砌墙所需的块石,要从龙王村的采石场一车车载来,家父拉板车,三舅舅推车,一连数月。由于劳累过度,家父因此染上肝炎,长年反复的病情,重挫了男人的斗志,这让家父显得更加恬淡了。从采石场载来的块石,先是堆放在嘉坚家的门口,后来堆到了河边。空堆两年后,建房计划终于启动。

1981年,拆除老屋。在老屋拆除至新居落成之间的过渡时期,约有半年多,我们寄宿在嘉坚家,爷爷则借住在生产队的粮仓(土话称为"谷屋")。当时,我家与嘉坚家关系极好,愿意彼此接济。一年后,因为宅基地纠纷,两家撕破脸皮,连块石一度堆放在他家门口这种鸡毛蒜皮,也被翻出来算总账。

新屋奠基时,先是沿墙基走向,挖掘深约一米的长沟,继而填以块石，以为承重之基。此种奠基法，吾乡称为"放墙脚"。东边的墙脚，由于遭到嘉进的强力抵制，遂向西挪移，于是侵占了嘉坚的宅基地，因此引发了两家的纠纷。1982年5月，大姑妈回家调和矛盾，据她测量，我家总共占用嘉坚家长约19市尺、宽1.9市尺的宅基地——为了约4平方米的宅基地，两家从此埋下了矛盾的种子。

邻里之间的宅基地纠纷，在农村司空见惯。大家庭内部复杂的人际关系，家长对不同子女的亲疏差异，以及以情感替代契约的财产分配传统，凡此种种，长期潜伏着的盘根错节的历史矛盾，犹如干柴烈火，一点就着。如果冲突双方力量不对称，一方过于强势，一方软弱，更如火上加油，则必然引发欺凌。令人心寒的是，吵起架来，知己知彼，亲人之间曾经的贴己话、心里话，翻云覆雨，化为讽刺话、揭短话，犹如一把把插向对方心灵的尖刀，无论什么陈芝麻烂谷子的往事，都被翻出来攻击对方。

吵架越来越凶，彼此揭发的隐私，越来越肆无忌惮，仿佛人人都是男盗女娼，丝毫不顾忌可能会给孩子们带来的伤害。本来各退让一步，赔几句好话，补偿一点费用就能解决的利益之争，终于演变成旷日持久的意气之争。多年来的矛盾、积怨

第四章　老屋和新房

和委屈,种种小肚鸡肠,至此绞成一团乱麻,再也找不到解开心结的绳头。

家父读过书,个性温和,害怕冲突,一边是妻子,一边是兄侄,怎么说话都不对,只好躲起来,唉声叹气。农村并不总是个讲理的地方,归根到底,要靠男人的拳头说话。母亲说得对,如果家父像嘉进一般高大蛮横,嘉坚肯定不敢欺负我们,这是乡村人际关系中的真理。宅基地纠纷的起因,是嘉进逼迫我家的墙基往西移,导致我家和嘉坚家冲突,但谁都不敢找嘉进论理。早在十多年前,嘉进、嘉坚分家之际,两兄弟已经反目,嘉坚斗不过嘉进,吃过许多亏,于是把多年来的窝囊气一股脑儿撒在家父头上。哥哥与我年纪尚小,插不进嘴,出不上力,家父又不敢出头,战斗前线只留下母亲与敌人对峙,他们以恶毒的话语骂过来,母亲就以同等恶毒的话语骂回去。

如此的争吵,持续了近十年,一有风吹草动,就彼此开骂。母亲势单力薄,当不了舌战群儒的诸葛亮,跑回屋内,哭一场。然后,狠狠拧一下我的臂膀,叮嘱我务必好好念书,咬口手臂争口气,千万莫学父亲的窝囊样,好歹上个大学,离开这伤心的地方。

3 新　房

　　围绕新房发生的故事，既多伤心事，也有欢喜之事。

　　当新房落成，上梁之日，栋梁缠上一块红布，大木师傅坐在梁上，向四周抛撒馒头，乡亲们闻讯前来抢馒头，沾染一点新房子的喜气。家里办上几桌热热闹闹的上梁酒，宴请工匠和亲友邻居。你可以想象我欢欣鼓舞的程度，绝不亚于1949年10月1日天安门广场上的人民群众。曾经有过一段时光，我家是朝东屋最气派的洋房，三间两层，宽敞明亮。夏天，邻居乐意到我家乘凉。路人见了，交口称赞，说这真是一户体面人家。如果我已到适婚年龄，上门的媒婆将会踏破我家门槛，可惜当时我还小。

第四章　老屋和新房

为建新房，父母多年吵闹，与东西两家"结怨做人"，欠着小舅舅一笔巨债。路人不知背后辛酸，他们习惯以貌取人，只道住洋房的都是体面人家。

无论如何，新房子满足了少年的虚荣心。如果说我有过做有钱人的体验，大概只在那几年。然而，虚荣心终归虚妄，没过几年，邻居们纷起效仿，拆除老屋，盖起新房。依照乡下的不成文法，后起的房子必定比隔壁人家高出一头，如此这般，在攀比的舞台上，方才不落下风。不出十年，吾家锋芒全失，泯然众人矣。又十年，哥哥与我都在外地求学、工作，老家只留父母居住，反正孩子不在家，一切因陋就简，得过且过。到2010年前后，曾经一时风头无两的新居，再度沦落为寒碜的老屋。

按照1981年的规划，三间朝南的房子，东边间给哥哥，西边间则是我的房产，以备我们将来娶妻生子之用。这是吾乡规矩，祖传房产，自东而西，依次付与大房、二房，直至于老幺房。

由于经费不足，我的房产部分，即老屋的西边间，内墙长期未曾粉刷，仅以红砖墙的面目示人。外头看着光鲜，里头破破烂烂，连一块楼板也无。这再次说明，以貌取人是相当肤浅的。

好在爷爷并不嫌弃,他没想到有生之年居然有缘住进洋房。1996年初,爷爷逝世,享年93岁,此前的十几年,他一直住在这间外头光鲜、里头破烂的房子里。

在90岁以前,爷爷身体硬朗,能读《三国演义》《水浒传》《万花楼》。我躺在爷爷的藤椅上,也读这点书,或许再加上《封神榜》,分不清什么是精华,什么是糟粕,只管读下去就对了。

我记性不错,读过《水浒传》,能把梁山好汉的故事,添油加醋地说给别人听。乡亲们都夸我聪明,日后是个读书种子。为了这点虚荣,即使在我最困难的时候,我也坚信自己能考上大学。我最怕成为路遥小说《人生》中的高加林,在外头读几年书,然后灰溜溜地回家种地。在相当长的时间里,我无法想象,除了上大学,人生是否还存在别的出路。

在熟人社会里,面子当然重要。我们的所作所为,都为了让别人赞美,至少不能让人失望或指责,就连上大学都不是自我发展的需要。这是农村生活留给孩子的深刻烙印,也许一切都是虚荣的婉转表达。

总之,1982年初竣工的楼房带来过短暂的喜悦,而无休止

第四章 老屋和新房

的争吵又是长久的梦魇。后来,我在镇里念中学,平时住校,休息天才回家,终日闭门不出,曾经天真活泼的儿童,今为青涩忧郁的少年。我的梦想是逃离家乡,同时下定决心,无论将来发生什么,我都不与哥哥争吵,更不会撕破脸皮。

4　无法逃离的家乡

我从小立志离开农村。当农民苦死了,看看城里吃粮票的居民吧,不用晒太阳,一日三餐白米饭,头顶有呼啦啦转的电风扇。

当年,城市居民子女有"顶替就业"一说,类似我国源远流长的"荫补"制度,子女可以继承父辈的居民身份和工作岗位。而农民可以荫补的事业,只有一辈子种地。购买粮食、布匹需要粮票、布票,甚至连火柴也要凭票证供应。没有粮票的农民,寸步难行,更不可能自由进城。乡下人偶尔进城看病,凑钱换点粮票,投靠亲朋好友,也不敢久留,怕过多占用了城里亲戚的粮食份额。

第四章 老屋和新房

口粮不够的农家,即所谓缺粮户,购买粮食有两种途径:一是到集贸市场购买,"黑市价"的粮食很贵,一斤要四五毛;一是凭粮票购买的"牌价"粮,每斤只要"黑市价"的四分之一。农民手头没有粮票,只能花钱到集市购买粮票,然后到粮站买"牌价"粮。钱是平时一分一分攒起来的,每掏一分钱都肉疼。

城乡差别巨大,所谓"农转非",即户口由农业转为非农业,吃上商品粮,捧上"铁饭碗",意味着革命性的阶层跃迁,农家子弟十年寒窗的奋斗目标,只是城里人的生活起点。

上学后,我尽管不曾悬梁刺股,好歹有个宏愿——跳出农门。高考前夕,校长在动员会上,大臂一挥,"明天这一仗,是穿皮鞋与穿草鞋的战斗,你们看着办"。一席话,掷地有声,余音绕梁,至今振聋发聩。

1991年,我考上大学,离开老家,成为吃粮票的城里人。在厦门大学芙蓉四221宿舍的床铺上,我像革命前夜的阿Q躺在土谷祠中,对未来生活的可能性展开无限遐想。开学第一个月,看见到手的粮票,深感欣慰:奋斗多年,爸爸,妈妈,我是吃粮票的人了。

不料从1991年底起,全国范围内陆续废除粮票制度,粮油实行市场化供应。第二学期,学校就不再发粮票,读书不就图个吃粮票嘛,怎能说没就没?"他奶奶的!"我像革命理想幻灭后的阿Q一样骂粗话。

世界变化太快,短短十来年,中国走过此前几百年都赶不上的发展道路,从物资短缺到丰富,从农业社会到工业社会。我们生活在两大时代的夹缝之间,来不及转换头脑,就被裹挟进了新时代。

我不知道自己是什么人,说是乡下人,乡下没田地,说是城里人,手里没粮票,城里没房子。

2014年5月,城市化浪潮席卷楚门镇,老家的房子再次被拆除。不到半天时间,就被挖掘机夷为平地,一片狼藉中,曾经熟悉的一切,化为烟云。

谢天谢地,早年搭上福利分房的末班车,我在杭州分得一间陋室。斯是陋室,如同鸟笼格局,摆下书架和床椅,隔去厨房浴室,空间所剩无多,生活因此格外充实。城里人的生活就是这样,不像家乡的老屋,三间两层的洋房,里头空空荡荡,一对老头老太,终日大眼瞪小眼。少时夫妻老来伴,成为命运共同体的两口子,再也不像年轻时候那么激烈争吵了。

城市里的居民,大家同住一幢楼,彼此不通音问,对拥挤

第四章 老屋和新房

而来的人和事,视而不见,过目即忘,奉行老子"老死不相往来"的格言。我偶尔会想,做这样的城里人有什么意思?还不如回老家,住老屋的大房子,和邻居串串门、聊聊天。这么说话,好像显得我特别没出息,那么,我不妨引述陶公的名句,"田园将芜胡不归"。这不,我的趣味马上又显出颇有格调的样子。

归去来兮,不过是我的一厢情愿。参加工作后,我年年回家,一年不止两三次,住在老屋的日子不多不少,我与旧日的乡亲、昔日的玩伴,又有什么可聊呢?

没结婚的时候,他们关心我的婚姻,说你读中学的时候,经常有女同学上门来玩,过去这么有本事,如今却依然打光棍;结婚后,他们关心我何时生小孩,有点幽默感的人,甚至暗示这种事情他倒是乐意帮忙;有了孩子后,他们又开始关心我的收入,得知我的工资水平,跟在皮鞋作坊、水泵阀门家具厂里打工的收入不相上下,他们的表情显得暧昧,不知道是为我高兴还是替我悲伤。

在城里,我感慨人情浇漓;在乡下,人情又浓到化不开,人际关系缺乏边界感,以至于全无隐私的概念。在城里,我在阳台上换衣服也没人管;在乡下,我穿着运动短裤跑步,也会招致闲言碎语。

隐私观念的缺乏,直接导致乡村的粗鄙化。我们应该无话不谈,对吧?说不出口的话,等于见不得人的事。在乡下,任何话题都能搬上台面,丝毫不会顾忌可能会给他人带来的伤害,人们习惯高声说话,仿佛嗓门越大,方才显得行为的光明磊落。

我曾经对农村生活厌恶至极,到了城市,不如意事十之七八,又重生了关于家乡"田园牧歌"的想象。但在农村住不了几天,又会感念城市生活"大隐隐于市"的逍遥自在,至少不用讲究烦琐的人情世故。

末了,还有一件事值得一说,随着城市化进程的加深,农村宅基地开始值钱。年轻时留在陕西汉中工作、子女几乎从未回过老家的二伯,在小姑妈的策划下,向家父提出了分配宅基地的诉求。当年分家的一笔糊涂账,再度被翻检出来。吾生也晚,不清楚其中的是非曲直,但在过去的50年间,二伯从未有过宅基地诉求,如今变卦,无非是因为如今的宅基地值钱,过去不值钱。

正常的诉求,本来可由两兄弟协商解决,然而父亲又与过去一样害怕冲突,一切交付母亲、哥哥与二伯和小姑妈理论。二伯没有靠硬的理由,讨不到好处,作为退休干部竟然不顾斯

第四章 老屋和新房

文面子,到村部哭闹,向我父母施压。

宅基地争执的戏码再度上演,亲情再次被撕得粉碎。好在我不再是当年敏感而脆弱的少年,2015年在我出面调停下,纠纷最后以我家补偿给二伯一笔永久性的补偿款而告终。母亲尽管心存不满,大家各退一步,也算海阔天空。

人性在利益面前经不起考验。我曾经尝试理解人性的善与恶、光明与幽暗,终于承认人性是一种客观存在,犹如自然规律一般坚硬,不以尧存,不以桀亡,不会因为城里人和乡下人有所区别:人性幽暗,会趋利避害,欺软怕硬;人性高尚,会同情弱者,缔结契约;人性脆弱,经不起诱惑和打击;人性光明,任何文化差异都无法遮蔽人类共通的正义。社会是由人组成的,如果不能认识和体恤人性,任何历史教训都只能以苛责前人的方式结尾,而无法升华为智慧。

正如大姑妈所言,关于往事,关于亲情,也许我们距离远一点,才能看清楚。叔本华说:"人就像寒冬的刺猬,互相靠得太近,会被刺痛;彼此离得太远,又会感觉寒冷。"冬日的刺猬,是人生旅途中的孤独者,渴望拥抱,却又刺痛彼此。传统乡村,人与人之间,距离太近;现代都市,人与人之间,距离太远。人们渴望亲近,又害怕伤害,复杂的情感,绷紧如琴弦,如何才能奏出和谐的乐章?

老实说,老屋被拆除,我一点都不感到悲伤。我期待,将来的新农村,会超越传统乡村的局限,超越熟人社会的轮回,在新时代建立起全新的人际关系,在复杂的人情社会和冷峻的契约社会之间,让冬日的刺猬们彼此保持动态平衡的合宜分寸。

因为曾经逃离的家乡,终将是我归去的方向。

第五章 ◇ 乡亲们

1　时代与人

在20世纪70年代,村庄里可以见到许多头戴瓜皮帽、腰围蓝色粗布裙的五六十岁以上的男人,以及头梳圆髻、缠小脚的五六十岁以上的女人,他们的装束与民国老照片中的农民没有区别。新中国成立以来的移风易俗,摧枯拉朽,改变了农村面貌,但并未刻意统一农民的发式和服饰,更无强制性的着装要求。农民的装束,遵循"老人老办法,新人新办法"的约定俗成法,像我二伯、父亲等20世纪30年代以后出生的人,都能与时俱进,跟上时代潮流。而大伯等20世纪20年代出生的,尤其是爷爷、奶奶等出生于晚清民初的老人,直到20世纪90年代全部凋零之前,穿着打扮始终停留在旧时代。我甚至见过留辫子的男人,新中国成立已经30多年,脑后还拖着一条清朝子民的长辫子。

总会有这样的人,不管时代如何变迁,始终把自己包裹起来,生活方式和思想观念停留在原地不动。服饰和发式,只是保守的表征罢了。

楚门老街有个文人画家,姓陈名骐,是个聋人,口齿不清,自号"大聋",喜画四君子,作旧体诗,不治生业,不曾娶妻,在地方上小有名气。20世纪50年代,正值五六十岁的年纪。

1931年楚门"壶天诗社"创建之初,大聋就是诗社的一员。诗社的核心成员童树民(童听情)、耿了一、邱九峰、孙寿仁、王世英(王选青)等人,多为楚门老街或其附近的清末秀才。1905年废除科举,尤其是新文化运动以后,清末"遗老遗少"的思想观念与新时代愈发格格不入。无法改变时代潮流,又不甘心失去中心舞台,怀抱着旧理想,在现实中找不到精神家园,正是孔老夫子所谓的"丧家犬"。童听情在楚门老街东门开有一家名叫"童人瑞"的药店,诗社设在药店的阁楼上,名曰"争楼"。争楼,不争利,貌似也不争名,一群趣味相投之人,定期或不定期地诗文酬唱,抱团取暖,专为旧斯文在新时代争一口气。

他们的诗文唱和集，由童听情出资编纂为5册《争楼漫稿》。童听情是我中学同学的爷爷，我读过其中的《丙子唱和集》，即1936年出版的《争楼漫稿》，了解"壶天诗社"部分成员的生活。

大聋比童听情、邱九峰等小一辈，并非清末秀才，算是诗社的晚辈。但他的字画诗文，深受童听情等人赏识，偶尔出入官绅之门，又无妻室子女的牵绊，一人吃饱，全家不饿，生活洒脱。

《丙子唱和集》收录的大聋作品，例如《打财童》："平生吝啬惜钱财，积蓄原来是祸胎。今夜财奴真倒运，被人毒打也应该。"描述本地一种名叫"打财童"的游戏。又如《题黑姑娘香烟》："姑娘皮肤黑，香气真奇特。不二色如君，何以被他惑？"题咏一种名叫"黑姑娘牌"的香烟。无聊为文，并不见佳。当然，我读过玉环博物馆收藏大聋的三首题画诗作，有比这些更加深沉的。

新中国成立后，劳动大众翻身当家，世风大改，大聋的诗文书画，再无人赏识。文盲农民不可能理解那种生活，过分一点的人，更说大聋是新社会的寄生虫。君子固穷，毕竟有斯文架子，大聋倒也并不低声下气求人。

第五章 乡亲们

我大舅舅曾从大聋学画,一个无人问津的老古董,竟有年轻人登门求教,可以想见他的激动。家父同情大聋,认为他的生活方式即便不为人理解,毕竟有其充实的一面。但母亲并不这么看,说大聋是被新社会抛弃的"背时"人,不事生产,不务正业,就是"不三不四",大舅舅不学好,跟"不三不四"的人鬼混。

这是我从长辈嘴里听来的大聋故事,鉴于母亲意见的权威性,我从小反对"不三不四"的人。其实,母亲所谓的"不三不四",无非是那些与时代有点脱节的边缘人。做一个自得其乐的人,不失为一种生活选择,但母亲个性要强,将她不认可的生活方式贴上了"不三不四"的标签,写字画画固然无用,总比吃喝嫖赌强吧,可惜诗文书画超出了农民所能理解的生活范畴。

其实,大聋上无父母,下无妻室,孤云野鹤,大可逍遥自在。倘若上有老,下有小,智者必肯折辱其身份,承担起养家糊口的责任,亦未可知。我们何必苛责古人,更不能基于假设给人扣上不负责任、不务正业的帽子。前些年,我与母亲交流,说起当年她的"不三不四"理论曾经给我造成的心理负担,母亲笑笑,不置可否——她从未真正关心过大聋的生活,只是以自己的标准评价那些事不关己的人物。

大声的前辈诗友们也都程度不等地拥有过被时代抛弃的生活经验，由于家境出身和性格不同，他们的人生道路不尽相同。

"壶天诗社"的前清秀才，可分为四类人：第一类人，耿了一兄弟，家底雄厚，是拥有众多田产的大财主。第二类人，童听情，四代行医，开店卖药，家境富裕。

第三类人，是以邱九峰、孙寿仁为代表的寒儒下士，性格保守，以教私塾为业。办学的东家一般是财主或老板，提供场地，请一位先生来主持，然后与众学生家长分摊先生的束脩和饭食。东家并不从中渔利，好处是赚一只多人便溺的粪缸，多聚肥料，好种庄稼。吾乡方言把尿素、氨水称为"洋粪"，即外国的粪肥，令人绝倒。20世纪30年代，新式学校尚未全面推广，以传统经史教育为主的私塾，在乡间尚有一息生存空间，愈往后，生存空间愈逼仄。抗战胜利后，政府取消私塾，冬烘先生连教馆的饭碗也砸了。《丙子唱和集》中收录有邱九峰《课徒十咏》诗，描述其教塾生涯，有牢骚，有自嘲，更有故作矜持的清高。

第四类人，是王选青这样的时代弄潮儿，从前清秀才成功转型为楚门巨商和政界人士,担任楚门第一区区董,人称青四爷。楚门童谣"骑马琅琅王选青,阿弥陀佛陈愚亭,之乎者也孙寿仁,含含糊糊童听情",说的正是王选青身跨高头大马,在地方上呼风唤雨的情形。楚门西门街上的王选青故居,至今尚存,是为西洋式的时髦台门,可知王选青行为举止之洋派,迥然不同于"之乎者也"的孙寿仁、邱九峰之流。

怀才不遇的说法,既对也不对。说它对,因为时代对所有人一视同仁;说不对,因为有智慧的人,和光同尘,总能与时俱进,例如王选青。然而,预流者总是少数,更多人则如邱九峰辈,或奋力挣扎,或随遇而安,最终的结局都一样被时代所抛弃。

他们生于晚清,经历民国,毕竟是秀才,即便落魄,也有区别于老百姓的做派和尊严,但他们的迂腐会成为乡下人的笑料。爷爷常常说起楚门街上那些著名的"褴褛秀才",说他们五谷不分,举止行事,专闹笑话。家父念过书,因为成分不好回乡种田,对"书呆子"既有嘲笑,也能共情,更多的是关于世变和命运的感慨。今人说起清朝的"遗老遗少",要不以为都是鲁迅笔下的孔乙己,酸腐颠顸,要不以为就是南通的张謇和绍兴的蔡元培,与时俱进,勇立潮头。真实的历史绝非如此,大多数人介于两者之间,在孔乙己和蔡元培之间存在着无数的过渡层次,例如耿了一、童听情、王选青、邱九峰、大聋。他们挣扎、拧巴、与世沉浮、努力进化,他们是在生活中寻找意义的普通人,认为他们不是孔乙己便是蔡元培的"非黑即白"的论调,缺乏起码的历史意识和生活常识。

1949年4月,三五支队从雁荡山渡海而来,解放了玉环。"壶天诗社"的众成员中,耿了一划定为大地主,田地被没收、瓜分;"童人瑞"药店收归集体所有;大聋先生犹如断线的风筝,失群的孤雁,过着他的"不三不四"的生活,卒于1969年。

2　爷爷那一代

上世纪50年代以后,城乡二元结构确立。这是两种资源配置制度,对应着粮油供应、劳动用工、社会保障等几十种不同的制度安排,构成了农业户与非农业户之间的巨大差异。二者壁垒森严,无法流动。乡亲们经常抱怨"命"不好,不能出生在城里,所谓的"命",是农民无力改变却又无处不在的制度。绑定在土地上的农民想逆天改命,去城市生活,只有两条路,一是上大学,二是当兵。当兵一途,实际走不通;参加高考或通过推荐成为工农兵大学生,成功概率比迎娶公社书记的女儿还小。

"春种一粒粟,秋收万颗子。四海无闲田,农夫犹饿死。"

真是一首好诗，前两句，把种田说得像一本万利的生意似的，后两句又是何等沉痛，指出了农民的真实困境。农民致富并不容易，摆脱贫穷之道，最好是走出农村、摆脱农村户口。即使身处农村，也要尽量摆脱土地的束缚，做一个不完全以种田为生的农民。

城乡差异之大，令人发指。1982年我第一次到县城，在县文化馆阅览室看到琳琅满目的书报杂志，简直像置身于天堂。而在乡下除了几本连环画，几乎连一张彩色的纸片都见不到。城里人岂止比乡下人吃得好、穿得体面而已，更是精神文化生活的降维打击。

当年的鄙视链是城里人看不起乡下人，山里的乡下人看不起海边的乡下人，而海边的乡下人再也没有谁可以看不上了，于是看不起外地人。"我们的海岛是全中国最好的地方"，我经常听到爷爷那一代人这样说。

那一代的海边种田人，一辈子没走出过海岛。古代的地方志形容一地民风淳朴，爱说那里的人没到过城市，终生不识官府。我家后门的如旺阿公，足迹恐怕真未出过楚门镇范围，他为人木讷，儿时在私塾背诵"上大人，孔乙己"，每个字都滚瓜烂熟，但把"上""大""人"拆散，挪到别的地方，又大字

第五章　乡亲们

不识一个,把先生气得吐血。到了田地里,如旺阿公可是勤劳的老黄牛,一年到头,忙忙碌碌,插秧耘田、撒灰晒盐、挑水挑粪、种瓜种菜。大年初一也不肯闲着,坐在家门口,手里搓着稻草绳。不能明白的是,如旺阿公一辈子起早贪黑,省吃俭用,在人生的绝大多数时期仍不免冻馁,最后如草芥般静寂地死去。

我爷爷与如旺一样本分务农,所区别者,爷爷断文识字。生产队里的丈量土地、称量粮食、计算亩产、统计工分、购买集体生产资料诸事务,多有他的参与。在1971年至1990年的年历书里,爷爷记录着不同年份的相关信息:关秧田、割稻的时节,粮食、番薯的产量,放牛、晒谷的小窍门,生产队的总工分和各家各户的工分,各种生活资料的价格,例如,买番薯丝20斤多少钱,加市场管理费合计多少钱,向谁家借了多少斤稻草用以垫牛栏并约定何时归还,诸如此类。爷爷偶尔也会记录一两件国内外大事,例如,1972年2月"尼克松访华",1976年9月记录"毛主席崩",同年关于唐山大地震的记载是"河北省唐山地震,引(影)响天津,本国考测7.5级,外国人评8.3级",真不知道他的信息来源。

爷爷利用公开出版发行的年历书,记事按年月先后编排,简洁明了，在形式上，绝类1975年在湖北云梦县出土的睡虎地秦简编年纪，不由得让人感慨，古老中国基层社会的日常生活史，数千年来，没有进化，只有轮回。

从我家出发，步行到楚门街，主要有三条路：一是经过直塘，走泽（国）坎（门）公路，经过三角眼；二是穿过田埂，走天字号；三是经过没水塘（中山村），走过龙王村陡门头，到楚门。爷爷曾经以固定的步幅，反复丈量，分别记下三条路的步数，并郑重地告诉我，到街上赶集，以走天字号的路线最近，走陡门头次之。可惜，今天我已不记得这三途的具体步数。20世纪80年代后，自行车、三轮卡车、公交车、轿车出行，逐渐替代了传统社会的步行方式。

1990年，爷爷已是87岁高龄，再也走不了天字号的田埂路，去楚门邮电局取二伯寄来的汇款，只走陡门头路线。路过陡门头，必须歇一口气。有一次，我在上学的路上，在陡门上遇见坐在小屋旁的爷爷。我叫了一声爷爷，而他竟然不认识，问我是谁。从那一刻起，我意识到爷爷老了。2024年，我回乡特意走到陡门头，陡门及桥下的龙王庙，早已面目全非。唯有桥头小屋，模样依旧，这是当年爷爷每次路过都要憩息的地方。

如旺阿公和我爷爷，一辈子守在朝东屋，他们是村庄里的

第五章 乡亲们

大多数。当然，也有一小部分人，生活阅历要丰富、曲折许多。

岗根，民国时期当过外塘乡长。1950年镇压反革命运动开始后，逃到外地，1951年底落网。躲过了"严打"的风口，死罪可免，活罪难逃。经过劳动改造，后来回到老家。80年代在楚门老街卖眼镜，我念初中就近视了，在他的摊头买过眼镜，常听他讲故事。1951年，毛主席发出"一定要把淮河修好"的号召，不让反革命分子吃闲饭，于是他被派去治理淮河，劳动极其辛苦，但劳改对象都很卖力。他说，那段经历让他明白了革命的意义，数千年无法驯服的淮河，只有在新中国才能完成治理的壮举。这是罕见的具有反思精神的乡下人，到了风烛残年，也不会因为个人经历而一味抱怨。岗根写一手刚劲挺拔的柳体字，摊头既卖眼镜，也卖红白对联，人人夸他的书法好，心正笔正。垂暮之年，他自食其力，受乡人尊重，这是顽强生命力的体现。

中山村的赵子顺，瞎了一只眼，绰号"独眼龙"。年轻时蛮横斗气，入海从匪，担任过一江山岛国民党守军的机枪手。1955年，一江山岛解放，赵子顺投降，成为人民解放军的俘虏，经过教育，得以回家。他出身于无产阶级，又是文盲，后来并未吃到太多苦头。种田之外，以烧造砖瓦为副业，领养过一个义子，活到100多岁。

金法，曾经的"反动会道门"分子，家乡解放后，窜逃到江苏太仓避风头。几年后返乡，隐姓埋名过日子。他也是文盲，虽然有"反动"经历，毕竟没有太大的能量，村庄里都是熟人，公社也不会太为难他。他为人洒脱，打一辈子光棍，吃光用光，卖掉家里所有值钱的东西。这种人在旧社会参加坑蒙拐骗的组织，一点也不令人意外。乡政府照顾其晚年生活，让他负责管理新塘的陡门，支付他一笔固定的报酬，相当于旧社会负责水闸启闭的闸夫。他住在海塘下，酒色财气，吃喝嫖赌，从旧社会带过来的做派，至死未改。无论欠债与否，都不影响生活质量，一切都心安理得。

爷爷那一代人，出生于清末民初，在旧社会种田，在新中国继续种田，经历过土改、"大跃进"、人民公社、"农业学大寨"和"文化大革命"，包产到户后，依然种田。每个人的天性和经历固然不同，但生活经验类似，一样的贫穷，一样的乐天。

1957年，"除四害，赶麻雀"，为了不让麻雀落地，他们自发组织起来，到树林中、竹林里，摇树摇竹子，朝着天空敲打洗脸盆，麻雀精疲力竭，纷纷从天上掉下来；1958年，家里的铁器全部上缴,山上的树木被砍得精光,村庄里架起炼钢炉,只炼出一堆铁砣砣,炼钢忙到庄稼没人收,番薯烂在地里;1959年,吃大食堂,起初吃干饭,继而喝稀粥,后来饿肚子,爷爷说他有大半年没好好吃过一顿大米饭;1962年,中央推行自留地、自由市场、自负盈亏、包产到户的"三自一包"政策,以激励农民的生产积极性,但不久被斥为"单干风"和"走资本主义道路"的大毒草;1964年,开展"小四清"运动,政策好像翻烧饼,集中清理社会上不符合政策的经济问题,割资本主义尾巴,自留地以外的所有私种的农作物全部拔光;"一大二公"的年代,不允许下海抓螃蟹、捡贝壳,有个老婆婆,溜到海涂上捡螺蛳,被公社干部没收了篮子,哭着回家;"农业学大寨"时期,"与天斗,与地斗",青山辟为梯田,山上连黄鼠狼都销声匿迹;史无前例的"文化大革命",造反派冲击当权派,公社干部竟然被人挂牌批斗……

无论风云如何变幻,农民总得种田吃饭。他们经常感慨:"这就是命运啊!"然而,命运到底是什么?是出生于兵荒马乱的时代,成长于激情燃烧的岁月,还是与亲人们的生死离别,总之都是一些个人无力改变的"天意"吧。如果我们以唯物主义史观来审视命运,即便远在天涯海角,人们的浮沉遭际也与国家制度、政策的变动紧密地联系在一起。很少有人能够深入分析其中的道理，于是打包成一句五味杂陈的感慨——这就是命运啊！

但我可以负责任地说，在三年困难时期，外塘公社胡新大队从未饿死过人。这是乡亲们以家乡为傲的原因之一，当人们听说外省、外地竟然有饿死人的传闻，更加坚信我们的海岛是全中国最好的地方。

粉碎江青反革命集团后，紧随着是包产到户、改革开放时代的到来。1978年，安徽凤阳小岗村的农民走投无路，被逼到包产到户的路上。包干制，一包就灵，第二年，小岗村实现丰收，老百姓马上就有饭吃了。小岗村的经验，率先在安徽全境推广。

包产到户，解决了农民的吃饭问题，却是对人民公社的否定。安徽的实验一度是有争议的，直到1982年浙江才在全省推广联产承包责任制。因为劳动积极性的解放，加上农药和化肥的推广，民众生活迅速改善，从吃不饱到吃饱，再到能吃好，发生在短短几年之间。

人们曾经以为只要吃饱饭就万事大吉，殊不知吃饱饭后竟然会引发更多的问题。没过多久，土地承载不了过多的劳动力，吃饱了饭的人们开始从土地的束缚中挣脱开来，经营各种非农产业，有的甚至离开家乡做生意。一个全新的时代，悄然降临。

而爷爷那一代人已迈入风烛残年，任凭世道人心如何变化，渐渐地，这一切与他们的生命无关。

3　父亲那一代

农民在土改中分到土地后不久，1951年9月中央通过《关于农业生产互助合作的决议》，鼓励大家以"土地入股"的形式组建农业合作社，随着初级农业合作社和高级农业合作社的相继建立，农民的土地被收归集体所有。

1954年1月，国家开始实行粮食统购统销政策，稍后油料、布匹、毛猪都成为统购物资，由国家统一收购、统一销售，严厉打击投机倒把分子扰乱市场。粮食等基本生活物资由国家组织的粮站、收购站、供销社来经营，人民群众再也不像在旧社会那样提心吊胆过日子。1948年，如旺阿公挑着两箩筐的金圆券，到楚门街上籴米买油，今天一箩筐的金圆券可以换一斤油，

第五章　乡亲们

明日购买同样分量的东西，则需要四箩筐的钱。

1958年，跑步进入共产主义，高级农业合作社全面升级为"组织军事化、行动战斗化、生活集体化"的人民公社。除了少量补充性的菜园自留地，所有土地、耕牛和生产资料都归大队所有，外塘乡改名为外塘人民公社。说是个人自愿入社，其实几乎没有单干的可能性。据说偏远山区的大队存在极个别的坚持单干的人，但那不是正常人，是长着花岗岩脑袋的顽固分子。

当此数千年未有之大变局，父亲那一代人在20岁上下，正是谈婚论嫁的年龄，迅速成长为村庄里的新主人。

国家政策的改变，翻天覆地，但多数人只有片段的记忆，依稀感受到自己的生活正在被一双双无形的大手所把控。古稀之年的父亲回忆新中国成立初期的生活，只觉得时代多变，令人目眩神迷，最后却不得不承认，那是一段从报纸、广播、集体宣传以及从后人讲述中得来的历史，与自己的生活体验混杂建构起来的如梦似幻的感受。确切的感受只有爷爷那一代人，信奉"多子多福"，每对夫妻生很多孩子，但医疗卫生状况差，婴儿的夭折率高，生十个孩子，至多养大五六个；到父亲那一代，起初国家宣扬"人多力量大"，公社里分配粮食，先按人口，再按照劳动工分，大家乐意生孩子，随着乡村公共卫生条件的改善，每个小家庭也有四五个孩子。如果结婚稍晚，赶上1971年国家推行计划生育政策，一般家庭有两个孩子。1980年后计划生育执行得越来越严格，更年轻的一代只有一个孩子。在他看来，这是国家政策与民众生活因果联系最明确的部分。

大姑妈是朝东屋的第一个大学生。此后的1958年至1982年期间，全村只出过一个"又红又专"的工农兵大学生，他从浙江大学毕业后，先后在温岭、玉环县的电力系统工作，妻子是乡村小学教师，一家人住在村子里。吃"皇粮"的工作人员，生活水平高出普通社员一大截：卧室的写字桌上供奉着纯白的毛主席石膏像，柜子里常年储藏有"华佗牌"十全大补酒，孩子的早餐居然喝牛奶。广大社员同志对共产主义社会的想象，多半来自对这个国家工作人员家庭生活方式的观察和讨论。

生活中的小肚鸡肠在所难免，家庭妇女看到邻家的母鸡比自家的更能生蛋都不免眼红，整体而言，大家的心态尚可，毕竟全村只有一个吃"皇粮"的。

贫富分化出现于1978年以后，随着改革开放时代的到来，父亲那代人正值壮年。推行联产承包责任制后，国家鼓励发展副业，搞多种经营，农民生活普遍比以前更好，虽有先富、后富之别，很少有人愿意回到人民公社时代。不过话说回来，回

第五章　乡亲们

不回去，这事也不归老百姓说了算。

爷爷那代人，土地是命根子；父亲这代人，对土地的态度则比较复杂。包产到户没几年，种地的效益已比不上创办家庭作坊，也不如养鸡专业户。人们宁愿到厂里做工，在街上摆地摊，也不愿种地。1986年，中央"一号文件"规定：允许农民自理口粮进城务工经商，越来越多的农民放下锄头，离开熟悉的土地，探索新的生活。

先富起来的农民多半是冒险家，人数不多，但对旧观念的冲击很大。郑法鹭是20世纪80年代外塘乡的风云人物，原名郑福寿，"福""寿"二字是固定出现于棺材两头的吉祥字眼，企业家嫌其恶俗，遂改名法鹭。1985年，郑法鹭创办毛纺厂，起初是家庭作坊，而后升级为"玉环县外塘乡福利厂"，雇用残疾人从事生产，塑造起热心公益的企业家形象。他为人高调，敢作敢为，一度被推为县里的改革先锋，从庄稼汉升级为省级劳动模范。念中学时，我曾在《浙江日报》《台州日报》读过郑法鹭的先进事迹报道。当年的学生十分敬畏新闻纸上的白纸黑字，福利厂在直塘路上，工厂门口飘扬的五彩旗，需仰视可见。

也许出于嫉妒，在乡亲们的描述中，郑法鹭的形象并不那么正面。人们说他手无缚鸡之力，在生产队里做不了重活，专爱偷奸耍滑，肯定不算好社员，但他有一般农民所缺乏的冒险精神，全公社都找不出比他更能自吹自擂的人了。有人指责改革开放开启了虎狼当道的时代，这种说法是不对的，不甘心种田未尝不可理解为雄心壮志，爱吹牛未尝不是自我营销的能力。至于劳力好坏，充其量算是农耕时代的美德，在改革开放的新时代，大家不比力气，比拼智慧和勇气。

郑法鹭的事业同样充满争议，有人说他赚过钱，有人说他只是利用银行贷款和民间借贷在玩"空手道"，没有一分钱真正属于他。1990年后，外塘乡福利厂逐渐销声匿迹。郑法鹭旋起旋灭的显赫声名，至今成谜。

在农耕社会与工业社会的转型期，郑法鹭凭借一身胆气，登临时代前沿。只是刚从田间地头走出来的草根，他的认知和管理能力可能并不匹配全新的事业。但在郑法鹭的身上，人们看到了生活在种地之外的可能性，在郑法鹭风光无限的五年里，那些批评他的人，正是羡慕他的人，那些攻击他的人，正是想要效仿他的人。在朝东屋的历史中，郑法鹭事业的示范性和话题性，远比一个人的成败更有意义。

更有胆大之人，以走私香烟起家，赚到第一桶金。他们把本地特产带到福建、广东卖给港台人，再从广东带回几箱外烟。

每年往返十来趟，在1990年前后就能赚到两三万元。

在改革开放史上，温州人、台州人是最勇敢、勤劳、有创造力的商人，他们游走于道德与法律的边缘，生意如野草般野蛮生长。与香港人做生意，更要学习人家的生活方式，赚钱回家盖大房子，效仿录像带港片中的生活。社会越来越开放和包容，解决了温饱问题，接着是消费升级，卡拉OK、大哥大、小汽车、酒楼、敲背、按摩、情人、赌博……生意人走南闯北，诱惑也多，飞钱只当飞钱用，不幸而染上毒瘾者，有至于破家败身者。在时代的风云际会中，人性浮游在灰色地带，被浮华和欲望支配的生活，注定跌宕起伏，由贫致富，由富返贫，来去如风。遗憾的是，在商场竞争中不断进化，在挫折中持续学习壮大，最后进化为商业巨子如宗庆后、鲁冠球者，在朝东屋是没有的——这样也好，远处的榜样更具有成功学的示范性：农耕时代的人们，拼尽全力，勉强糊口；在商业时代，看看那些西装革履的成功人士吧，谈笑之间，名利双收。

上世纪80年代流行一种说法，"第一业务员，第二方向盘"，最好的出路是为国营、集体企业跑业务，其次是做长途货车的司机。但这两种机会主要留给城里人，更多的乡下人一无创办工厂的资本，二无做大生意的胆魄，却有不甘坐困于土地上的财富梦想,于是纷纷出门"做衣裳"。

吾乡"做衣裳"的意思有两种:一是自家备好布料,请乡村裁缝为家人量身定制过年过节的新衣裳;二是外出做服装加工生意,或合伙开服装店。这里当然指后者。

1987年,我们班上忽然少了两个同学,老师前往家访,劝说同学返校,无果而返。他们辍学不为回家种田,而是出门挣钱。说来讽刺,父母毕生种田,唯愿子女不再种田。父亲这代人面临的挑战,与前辈不同,他们的目标不再是糊口,而是如何增加收入并改善子女前途。种田不挣钱,稳妥一点的致富之路是学裁缝,到杭州、西安、北京做衣裳。80年代末至90年代,玉环、乐清人出门做衣裳,永嘉人弹棉花,黄岩人补鞋,温岭人卖早餐,临海杜桥人卖眼镜。在今天,这些营生被笼统描述成温州、台州地区赖以完成资本积累的"地瓜经济",并在稍后开启了民营经济的全盛时代。

商业时代的机遇和挑战,远比农耕时代复杂。在新世界里,市场、需求、资本等"看不见的手"左右着人们的命运,再也不是靠天吃饭的春种夏长、秋收冬藏的朴素真理。中国有许多优秀的乡土文学,却少有成功描写商业社会的城市文学,因为乡村是一眼看得到头的具象生活,就这么几种人,农民、干部、村小学教师,只有数得过来的这几类生活,而商业社会是需要动用抽象思维能力来描述的不确定的庞然大物。

糊人叔,住在我家前面,出生后,母亲没有奶水,吃米糊长大,故名"糊人"。他与我父亲同辈而稍小,我依礼称其为糊人叔。儿时,糊人叔不幸跌断了右上手臂,不敢告诉大人,错过医治时机,待到自然痊愈,右手竟比左手短了一大截。他为人乐观,是种庄稼的好手,常常宣扬长短手的好处,说右手比左手短,操起长勺给庄稼浇水,符合杠杆原理,简直如有神助。包产到户后,他继续种田、晒盐,直到2000年后稻田、盐田和自留地为政府全部征用完毕为止。眼巴巴地看着村庄里的田地全盖了房子,修了公路,他终于放下锄头,改为送煤气,一直送到70多岁。

糊人叔的口头禅是"稳如种田",意思是种田乃天下最稳妥的工作,他只信任以劳动力换取报酬,到了无地可种的时代,也许只有挨家挨户送煤气的笃实程度,庶几与种田相当。他犹如一辈子埋头拉磨的驴,勤勤恳恳,却从未真正迈出圈外一步。小农意识的局限性如此明显,但好处也显而易见,生活稳定,乐天知命。

农耕社会是由几百个人组成的人情社会,在商业社会里,维持地球村运转的不是人情和道德,而是市场和契约。父亲与糊人叔都是"一分耕耘一分收获"哲学的信徒,父亲几乎不向人借钱,从无投资的概念,除了亲戚邻里之间的必要应酬,生活简单到几乎不用花钱。

这也是一种小农意识,但父亲说万事不求人才是"王道"。人们总会合理化自己的行为,父亲和我都一样。

在意识层面我鄙视小农,在行为上却趋近于父亲。2005年后,杭州房价飞涨,只要投资房产都能赚钱。我却毫无投资理财的观念,把工资存在银行,既不向朋友借钱,更不敢向银行贷款,一再错失良机。我长期蜗居在60多平方米的单位福利房内,看到同事们一个个换了新房,于是把蜗居美化为乐天知命,以此来掩饰自己对商业逻辑的疏离和颟顸。与父亲一样,我不敢面对商业的不确定性,除了劳动报酬所得,从无投资性质的资产性收入。我自以为的美德,说明我的底色是个农民,尽管我生活在现代化的都市。

从上世纪八九十年代开始,随着农村社会向工业社会的全面转型,社会变革的深度和广度远远超过了清朝覆灭、民国建立和新文化运动。曾几何时,爷爷嘲笑在民国时代拖着长辫子的男人,我嘲笑父亲和糊人叔的老脑筋。蓦然回首,发现自己重复着父辈的命运,如果说民国时代的秀才是前清的遗老,父亲是农耕时代的遗老,那么,我何尝又不是农耕时代的遗少?

高歌猛进的时代,必然会让许多人和许多行业沦为遗老遗少,在互联网和人工智能时代,世界愈发虚拟难追。时代眷顾一部分人,抛弃一部分人,就像塑料桶盆的流行取代了木桶和木盆,箍桶匠人注定要退出历史舞台。多少人想以不变应万变的方式过他们的太平日子,又有多少人在追逐的路上,跑丢了鞋子,还是被时代甩在后头。

4　新时代

革命颠覆传统观念，改革开放是另一场革命，把颠覆的观念再次颠覆回来。但这一次不同，当中国开始走向世界，历史不再是轮回，而是奔向我们的祖先从未经历过的新生活。

上世纪90年代后，随着民营经济高速发展，江西人、贵州人、四川人、重庆人前来玉环楚门打工者络绎不绝，白天在海滨工业园区的家具厂、阀门厂、模具厂、冷冻厂上班，晚上租住在村庄里。鼎盛时期，外来人口超过本地人三五倍之多，直塘路上，车来人往，熙熙攘攘。据我在浙江各地所见，坦率地说，在1998年至2013年间，很少有比吾乡更加热闹、更有活力的乡村了，当然如果你说吾乡闹腾、脏乱，我也不否认。

第五章　乡亲们

我们对农耕社会的印象停留在步行和自行车时代。人力驱动的活动半径，一般在3公里之内，最远七八公里，婚姻的圈子也不出20公里。乡村里放露天电影，人们看电影的范围通常局限在三里地以内，路途稍远，黑灯瞎火的，大家就不去了。一般来说，农民几乎不到别的公社看电影，上初中之前，我就未到过楚门、清港看露天电影。人们的活动范围如此狭窄，小圈子里的人情世故，田间地头的民间故事，晒谷场上演出的电影戏曲，几乎构成乡亲们知识的全部来源。

但如今，仿佛在一夜之间，村庄里随处可见来自天南地北的外地人，电瓶车、公交车和私家车把直塘路挤得水泄不通，江西小炒、沙县小吃和川渝火锅热气腾腾。民营企业才是经济支柱，农业早已沦为可有可无的产业。直塘路的沿街店铺每年租金20多万元，农户随便搭出几间简易房屋，每年也有几万元的租金收入。普通话成为村庄的通用语言，母亲居然能用普通话磕磕绊绊地与租户交流，此前她听不懂电影《红楼梦》《少林寺》中人物的说话。

老话诚不我欺，我们的海岛果然是全中国最好的地方，否则江西人为何不远百里、千里前来打工呢？

由于地缘邻近，江西人是最早结伴前来吾乡打工的群体。

"江西人"遂成为外地人的泛称,他们带来充足的劳动力,带来不同的生活方式,带来新的社会问题,也带给乡亲们高人一等的优越感。人们嘲笑贫穷和落伍的人为"江西人",大凡风气堕落、治安恶化,再也不从自身找原因,把锅全甩给江西人。这不由得让我想起明清时期浙南地区对江西人的傲慢和偏见。

温州市龙湾区即原永嘉县的永嘉场,本是弹丸之地。明嘉靖至万历年间,王瓒、张璁、王忬、项乔、王叔果、王叔杲等人,科甲蝉联,进士辈出。尤其是张璁以迎合明世宗的"大礼议"起家,官至内阁首辅,人称"张阁老",是温州历史上官位最高的人。人们说,那是因为龙湾风水好。

然而到清代,龙湾文风一蹶不振。据说因为温州知府何文渊出于嫉妒,存心破坏龙湾的好风水,在龙湾取土烧窑,窑火熊熊燃烧,本地的真龙,酷热难当,便遁去了邻县瑞安。从此,龙湾人物凋敝,而瑞安县倒成为藏龙卧虎之地,涌现出孙衣言、孙锵鸣、孙诒让等杰出人物。

何文渊,江西广昌人,明宣德五年(1430)出任温州知府,前后凡6年,他在温州的宦绩,有口皆碑,是当时国家树立的爱民勤政的典型。但在温州民间故事中,这个江西人心胸狭窄,专事捣乱,到处破坏温州的风水,不止毁了龙湾,乐清蒲岐的海塘本是何文渊主持修建的水利工程,在民间故事中,这条海塘再次成为他故意拦断蒲岐龙脉的罪证。

一个江西来的清官,被妖魔化为本土公敌。历史学者认为这象征着在封闭的社会里,民众对外来力量的恐惧,至于为何会选中何文渊当替罪羔羊,一因为他知名度高,适合当典型;二因为他是江西人,地缘临近,与浙南往来频繁,唐宋以来的江西人擅长堪舆术,占卜阳宅、阴宅的形势派风水,也称"江西派风水",适合用来塑造阴谋论的故事。类似的故事,不止局限于温州。丽水城郊的厦河塔和巾山塔,是明末官绅建造的文峰塔,用以完善家乡的地理风水。在丽水民间故事中,厦河塔也是江西人布下的"锁龙钉",自从锁住龙脉,清代的丽水果然不再出现刘伯温一流的大人物。

玉环清港镇凡塘村,有个地名叫"红石柱",相传也与江西人谋风水有关。明代中叶,太平县(今浙江温岭)有个大官叫谢铎,官至礼部侍郎兼国子祭酒。谢祭酒在朝廷为官,与江西籍高官不谐,江西人怀恨在心,派风水先生来谢祭酒家乡寻找风水眼,终于在凡塘找到了地方,因为当时的清港镇属于太平县。月黑风高之夜,风水先生搬来三根石柱,对准风水眼戳了下去。不用说,从此凡塘再也没有出过达官贵人。总之,把本地人文凋敝的原因，一样甩锅给了江西人，好像从前的天涯海角有多人杰地灵似的。

为什么要离题讲这个故事？在上世纪90年代，走出封闭时代不久的人们，对外来者充满敌意，以嘲笑外地人获取优越感，通过把他们当成对立面来塑造本土认同。

十多年后，社会越来越开放，人们切实感受到外来务工者带来的经济和文化繁荣，逐渐放下傲慢与偏见。从2001年起，来自江西上饶的一对小夫妻就一直租住我家，在海边的家具厂打工，与母亲关系和睦，像亲人一般。2014年老宅拆迁，他们不得已搬离我家，租住到张家里。2017年后，家具厂不景气，他们在故乡上饶盖起新房，离开胡新村回家前夕，母亲特意前往送别。

城市化进程越来越快，稻田、盐田和自留地征用殆尽，连空地都浇满了水泥。有了土地赔偿款和房屋租金，村民不用劳动也能衣食无忧。文化礼堂里挤满了打牌的人，傍晚的操场上，营养过剩的中年人，跳着广场舞。

经历过物资短缺时代的乡亲们，毕竟不同于年轻一代，他们身上多少保留有艰苦奋斗的痕迹，我爷爷、奶奶、父亲、母亲性格各异，但有一个共同点，就是节俭。大姑妈买来的火腿、罐头和糕点，在保质期内，爷爷奶奶从不舍得吃；父母的吃食器用，一律买最便宜的，永远不明白挣钱的目的是消费；我小学二年级的时候，家里正式通电，屋内所有的灯泡最大功率是15瓦，最多的是3瓦白炽灯，称之为"三瓦头"；父母从不过生日，更没有结婚纪念日，贫穷和节俭钝化了人们对生活仪式感和幸福节点的敏感性；在河边、路旁和房前屋后，只要有一块稍大的未满铺水泥的角落，老人们就会不失时机地种上青菜、萝卜、茄子、南瓜、长豇豆，卖不了几个钱，他们只是不能容忍一块土地平白无故地荒芜着。

在城市化浪潮中，一部分村庄在沦陷，一部分在重生。人们登记在户口本上的身份不是农民，也不是城市居民，而是被暧昧地称为非农户。曾几何时，城乡差异无比巨大，如今边界逐渐模糊，但这就是我们过去向往的城市生活吗？父亲晚年忧心忡忡，说没有农具，没有稻田，没有盐田，假如海边的工厂关门，大家吃什么？这种担忧在村庄里有无数拥趸，在他们看不到的地方，市场需求把全世界连接起来，只要村庄生产的水泵、阀门、家具有人愿意购买，自然就有人愿意卖给我们粮食。40年前，朝东屋是外塘公社胡新大队的生产队，如今它是全世界的一部分。

随着上世纪三四十年代出生的那一代人的密集离开,农耕印记即将彻底退出历史舞台。我的父祖是数千年未有之大变局的见证者,一生经历的政治、经济和科技文化变迁压缩在短短几十年之间,其剧烈程度超过了五千年变量的总和。然而,日常生活的本质从未改变,作为最后一代的种田人,农耕赋予他们生活的底气,给地主家种田、土改分田地、生产队的集体劳动、"农业学大寨"、包产到户,生活再苦再难,太阳总会照常升起。在改革开放的时代,他们体验了生活更多的可能性,走私、做生意、到工厂打工、做房东收房租、坐吃土地补偿金,什么奇奇怪怪没见过,生活高低起落,依然一日三餐过日子。

很抱歉,我只能浮光掠影地描写生活,也无法讲述除了父母之外任何一位乡亲的完整人生。据说一个村庄就是整个世界,每个人的生命都是一部大书,只是很少人有意愿或有能力走进他人的心灵。据说认识世界的参差百态,最好是到世界各地走走,体验不同国家、民族的风土人情,其实在一个村庄也足以领略世界的丰富性。在生活的表层,有人勤劳,有人懒惰,有人节俭,有人潇洒,有人种田,有人办厂,有人保守,有人进取,有人宽厚,有人刻薄,无论选择哪种活法,都是一生。

虾有虾路,蟹有蟹道。我曾经以为考不上大学,人生就不会有出路。事实上,无论识字与否,无论身处何种时代,无论种田或做生意,人永远都有选择。生活广阔如旷野,是我们的认知把道路走窄了,日子的好坏,主要取决于我们能在多大程度上遵循自己的感觉与意愿去过一种自洽的生活。如若不信,请来我们的村庄考察吧。

第六章 ◇ 逝者

1 恐惧的寓言

上世纪七八十年代的乡村,宁静生活的表面之下,不时弥漫着一种恐惧的氛围。

1982年"严打"时期,有人小偷小摸,有人看电影时摸姑娘的屁股,或者打群架,撞到枪口上,有被判刑甚至于枪毙者。审判大会,对公众开放,古往今来最具有教育警示意义的场景,莫过于此。公社附近的墙头贴起法院的告示,白纸黑字,法院犹如传说中的阎罗王,大笔一挥,在一个人的名字下方,打上大红钩,一条人命就此勾销。枪毙的人中,有强奸犯,有耍流氓的,杀人犯有时为了几张钞票,有时为了一段失败的恋情。我不明白的是,为什么要给罪犯打红钩,而不是画叉,好像老

第六章 逝 者

师鼓励学生在考卷上故意做错题似的。我没有见过枪决的场面,但村庄中、街道上常有图片巡展,有人五花大绑,胸前挂一块牌子,这一回的名字上终于画着一个大叉叉。听河边乘凉的乡亲们说,现在正在"严打"呢,有人抢了一顶草帽,居然也要坐班房,人们窃窃私语,脸上露出恐惧的神色,或者是另一种无可名状的表情。

乡村里常见的还有诅咒。世界上没有无缘无故的诅咒,地里的瓜果蔬菜被人偷了,然而又没人出来承认,家庭妇女咽不下这口气,出门对天诅咒,痛骂没良心的小偷,过桥遇到水鬼,出门碰到路鬼,进路廊遇到吊死鬼,怎么难听怎么骂,总之骂人不得好死。边走边骂,直到骂累了才回家。出门诅咒的妇女,大多是生活中的弱者,骂街既是自卫,也是宣泄,骂到最后,常常又变成哀怨的哭叹。好心的邻居女人,见其情可悯,只好出门将她劝说回家好生安慰。诅咒偶尔也有应验的时候,有个邻居得了重病,说是被人下了诅咒的缘故。

乡下每有老人去世,无论干部或社员,就算家庭成分不好的人家,也会找人做灵魂超度、念经积功之事,好让死者安息。革命年代,如果风声太紧,法事就在晚上做。即使最革命的群众也不敢举报,大凡涉及冥界鬼魂之事,大家宁信其有,不敢造次。这可能是乡下人唯一的真正敬畏之事,至于公社领导讲话或者县里来个什么宣传队,大家只是表面敬畏,其实并不走心。

1984年,有一位乡亲患癌去世,年仅39岁。他是渔民,在海上讨生活,传说他曾在海上见到一具漂浮的无名尸体,可他不按东海渔民的传统习俗办事,未将尸体带回大陆埋葬,结果被厉鬼缠上身,那一身病就是证据。为了治病,他看过灵姑,也就是巫婆,灵姑说他在雁荡山旅游被鬼上身,他曾在观音洞前拍照留念,在黑白照片中,他的脑袋旁正好有个路人走过,灵姑认定照片中身影模糊的陌生人就是鬼,就在照相机按下快门的一刹那,被鬼缠上。

大凡病入膏肓之人,药石无效,最后都会让道士、巫师上门驱魔消灾。一切顽疾都是恶鬼缠身的结果,于是举办仪式,道士在吵闹的音乐伴奏下,念着含糊不清的咒语,用花花绿绿的彩纸扎成偶人或亭台楼阁,在半夜三更,送到海边,一把火烧掉。病人连续几日昏迷,那是因为魂被鬼偷走了,黄昏时分,让病人睡在床上,盖上厚被子,道士出门叫魂,在路口召唤孤魂野鬼前来享用祭品,并高呼病人的名字,每当凄厉的声音传来,孩子们惊恐得不敢大声说话。然而,过不了多久,消息传

第六章 逝 者

来，病人终于还是被恶鬼带走，死了。恶鬼缠身是个可怕的寓言，犹如命运的诅咒，象征着不确定的宿命和无所不在的苦难，寓言困扰着每一个从传统农村里走出来的孩子，直到成年依然心有余悸。当我们经历过更多的生死离别，逐渐明白"天地不仁，以万物为刍狗"的道理，生老病死是自然规律的一部分，只是人们缺乏接纳造物主冷酷而公正的裁判的勇气，不愿意承认自然规律的伟力，于是将命运无常称为四处作祟的恶鬼。其实，无常不是敌人，而是生活的真相。

1978年的某一天，邻居小伙伴的哥哥，在家门前的湖塘玩水，溺水身亡。据说是被水鬼拽下水的，也有人说是"水獭狲"，有人声称亲眼见过水鬼或水獭狲。湖塘里有水鬼，孩子们都不敢独自下水。照此说来，水鬼的传说，大有必要，可以有效吓阻孩子玩水，毕竟生产队有定期的集体劳动，大人不可能时刻照顾自家孩子。失去孩子的父母，如果相信是水鬼抓走了他们的孩子，也许心情会好受一点，毕竟恶鬼缠身更让人绝望。然而，那一天的傍晚，溺亡者的遗体平躺在门板上，父母呼天抢地的哭嚎，至今仍历历在目。哥哥溺亡，弟弟成了独苗，他的脖子从此挂上写有"长命百岁"字样的香火袋，这是到庙里许愿求来的，可以保佑孩子平安成长，他像爱护自己生命一样地看守着香火袋，绝不让人触碰。又过了一年，人民公社敲锣打鼓，送来了独生子女的荣誉证书，对主动响应国家计划生育政策的年轻父母表示敬意，一张印有"生男生女都一样"字样的彩色宣传海报，贴上了他家墙头，一个可爱的小女孩在画面中笑得阳光灿烂。孩子的母亲每次看到海报，触景生情，又要痛哭一场。好在时间能够治愈一切，两三年后，他们家渐渐恢复了宁静。

乡村里常常流传各种谣言，孩子们因此生活在恐惧中。不是传说哪天要地震，就说哪年要海啸，反正大难临头，谁都跑不掉，不如大吃一顿撑死算了，大人小孩都这么说，从来没人出来辟谣。孩子们在恐惧中睡去，第二天醒来，摸摸鼻子，一息尚存，长舒一口气。

我上小学三年级时，村庄里流传一个谣言，说不知哪里来的外地人，专挖孩子的心肝。听起来荒诞不经，人们却信以为真，甚至连学校的老师也相信，一时间人心惶惶，学校居然因此而关门放假，有学生家长跑到学校，哭哭啼啼，看住自家孩子，分秒都不离身。那段时间，路上没有独自行走的孩子。

谣言以匪夷所思的方式在不同的村庄之间流传，所幸我认识的小朋友中从来没有被人挖走心肝的。但是，大家都信誓旦

第六章　逝　者

旦,说昨天晚上,清港镇又有个孩子,被人挖了心肝,现场惨不忍睹。一段时间过去,谣言终于平息,然后,又会有新的谣言流传。

形形色色的恐惧,万变不离其宗,指向一个事实——无常的命运和必然的死亡,游荡的鬼魂、可怕的灵异故事,是无常命运的象征。熟人社会中无所不在的死亡威胁,犹如高悬在人们头顶的利剑。每一个孩子,都有快乐而又创伤累累的童年,在潜意识中,任何人都能感知死亡威胁的真实存在。死亡像个不速之客,不征求人们的意见,可以在任何时刻光临。

让人好奇的是,同类谣言在我上高中以后,就很少有了,也许是人们的科学素养普遍提高了,更大的可能是政府加强了对谣言的管控,不允许怪力乱神扰乱乡下的社会秩序。

我儿时爱看《封神榜》,神神怪怪,颇为贴近乡下孩子的天性,但这本书很奇怪,死亡跟开玩笑似的,所有人的死,都为了成仙,不论生前为善为恶,大多如愿做了神仙。父亲说这是糟粕,不让我读。我现在认为,相对于村庄里的怪力乱神,《封神榜》倒不失为一种乐观向上的读物。

2　逝者如斯夫

2015年春节回家。父亲说，年底朝东屋又有个邻居去世了，享年82岁。

逝者名叫小侬，论辈分，是家父的堂兄，我依礼称呼他为小侬伯伯。

侬，在吾乡方言中，是对孩子的昵称，"侬侬"犹如普通话的"宝宝"，小侬，也即小宝。小侬伯伯来到这个世界时，想必集万千宠爱于一身，大人们口口声声称呼他为"宝宝"，此后也不再另起大名。从此，人们都叫他小侬，即便他已经很老很老了。

据说那天，气温骤降，小侬起床，感觉头晕，躺下休息，

第六章　逝　者

孰料就此不起,而去世前一天,他竟然还亲手做饭呢。

他的离去,干净利落,<u>丝毫不拖累子孙</u>。村庄里的多数人对此深感宽慰,认为是人生的福气。家父对生死的看法比较通达,他说,"死亡是自然规律,就算秦皇汉武、唐宗宋祖也不能例外,年过七十的人,只要不横死,都应该算有福气"。

"呸,呸,呸,大过年的,就不能说点好话么。"家母坐在一旁,皱着眉头,实在听不下去了,"哎,你说到底怎样才算横死啊?"

"车祸、翻船、卧床经年、暴毙异乡,都算吧。"我说。

"那倒也是。"母亲深吸一口气。

每次回家,父母聊着聊着,总会不由自主地聊起这类话题,在过去的一年,又有哪些乡亲走了,分别是何种病痛。然后,大家各自感慨一通,最后,又彼此鼓励一番。

我蓦然惊觉,父母已经足够老了。我工作、生活在杭州,至今也不熟悉隔壁对门的街坊,大家形同陌路,在城市各过各的生活,浑然不觉生老病死的存在。父母生活在乡村的熟人社会,乡亲们一个个离去,时刻感受到光阴流逝的真切威胁。在村庄中,每个人的生活都不是一座孤岛,每一个熟人的死去,其真切的感受,有如自己身体一部分的凋零,以至于非得向亲人们倾吐出来,才能稍稍缓解内心的不安。

每当这时候,我才又想起村庄里的许多人,已有很多年未见,他们曾经那么熟悉,如今像是失踪多年的老朋友。

我想起来了,小侬,一个沉默寡言的人,一个毕生出卖苦力的农民,这是父亲那一辈人主要的生活方式。30多年前夏天的某个下午,他挑着200多斤的谷子,走过河边,掠过我的身旁,带起一阵风,精瘦的小腿上血管爆起,好像盘缠在小腿肚子上的蚯蚓。

真是好笑,当我听闻小侬之死,首先想到的竟是30多年前他的小腿肚子,而不是他人生中那些值得一说的更有意义的事件,好比我关于母爱的最初记忆,只是冬日暖阳下的母亲怀里那织了又拆、拆了又织的毛衣味道。一个人最本质的记忆和体验,是独一无二的,竟然无法用语言表达,在人类所有的交流方式中,也许只有音乐能得其仿佛,譬如莫扎特、马勒的忧伤而又温暖的音乐。

在老屋朝东的窗户下抄写《金刚经》,不时将毛笔送进嘴里,吮吸一下,搞得嘴唇墨黑,是我的爷爷;老年痴呆的阿婆,缠着小脚,听到轮船码头上汽笛声响起,就说大女儿从温州回来看她了,是我的奶奶;有个看管陡门的老汉,实在凶恶,我

第六章 逝 者

摘了他家的桃子,他拿着锄头追出来,扬言非要打断我的狗腿不可;有个老光棍,住在海塘下的小屋里,把花花绿绿的香烟纸攒起来,在床板下压得笔挺,分发给孩子们。

我爷爷奶奶那一辈人,生于晚清,或可晚至民国初,女人缠小脚,男子戴瓜皮帽,一身靛青色的土布。我无法讲出他们中任何一个人的完整人生故事,关于他们的记忆,全是不连续的片段,然而正是这些记忆的碎片,拼凑出我色彩斑斓的童年的一部分。缺少任何一片,我的童年都是不完整的。

一夕之间,他们都不见了,如同河流消失在无尽的远方。村庄里再也见不到小脚女人、戴瓜皮帽的男人。我先是惊慌,接着麻木,继而悲伤,当我们能够体验人生的悲欣交集,就不再是原来的天真烂漫的少年了。

朝东屋肇基于清朝雍正年间,先民是从温州迁来海岛的垦荒人。两三百年来,经历清朝覆灭、民国建立、抗日战争、土地改革、"大跃进"、"文化大革命"、改革开放,一代又一代人,犹如花谢花开,至今换过十来茬人。20多年前,我爷爷那一代人集体退出历史舞台,如今轮到父母这一代人登台谢幕。等到他们一并凋谢,农村和农村的生活方式也将随之消亡。不同时代的生活方式是由具体的人来承载的,一代人的消失,代表着一种生活方式和思想观念的承载者的消失,朝东屋的历史也就翻篇了。

我的乡亲们都是什么人?在生前,我们习惯按贫富贵贱、贤愚寿夭,把人分为三六九等,当他们全部化为尘土,才悚然惊觉众生平等的道理,我们看待人事,应该少一点分别心。如果以宇宙的尺度丈量人生,所有生命都是微尘,人们在村庄中曾经的地位高下、气力大小、品位好坏,在无限宏阔的背景下,一切都微不足道;如果以人性的尺度丈量人生,村庄里存在过的所有人,他们的品质都不会因为贫富贵贱而格外高尚或格外卑劣,所有人都要面对七情六欲、生老病死的磨难,没有人能够豁免,一切自然法则对所有人一视同仁。而人性,是自然法则的一部分。

于是我承认,我的爷爷奶奶是普通人,父亲母亲是普通人,乡亲们是普通人,最后承认自己也是普通人。我们不是好人,也不是坏人,而是普通人。大家应该像普通人一样生活,不给自己加"天下兴亡,匹夫有责"的戏码,以平常心看世界,该忙就忙,该歇就歇,该吃喝吃喝,该笑骂笑骂,放下虚妄而矫情的理想主义,平平淡淡过一生。我们不但应该这么想,事实上,乡亲们也这样度过一生。只要包容度够大,生命的宽度也

第六章　逝　者

就打开了。

我不是说个体可有可无。每个人都是朝东屋的造物主，他们的一言一行，参与过朝东屋的历史建设。也许后人记不得他们的名字，但他们的爱恨情仇真实发生过，他们在这里生活，传宗接代，各自走完人生，然后，将自己的名字深深埋入朝东屋的历史。

正这样想着，邻居的张阿婆又来串门了，一进门，就问我是谁。

家母说："这是我小儿子，在杭州工作，40多岁了。"

"哦，是嘉励呀，我看你背着书包，蹦蹦跳跳，走过海塘，去杨府庙上学，跟昨天似的，一转眼就40多了。"

是啊，孩子们都老了，我们还能不老吗？

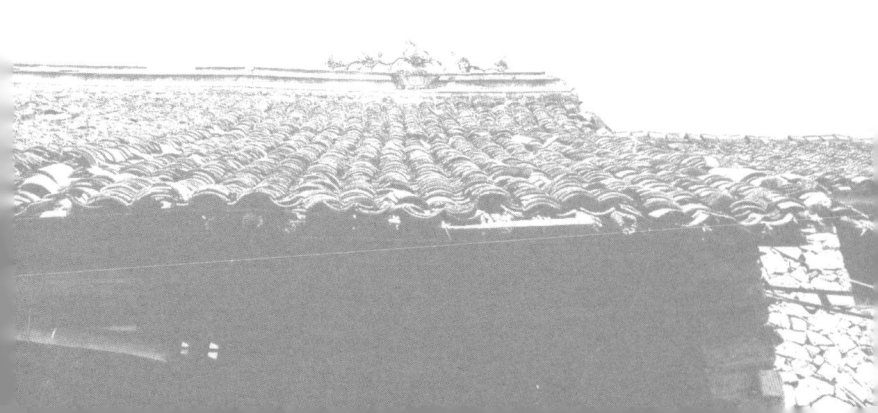

父 母

- 下 编 -

生活是一亩稻田,

遵循二十四节气。

春分做春分该做的事,

夏至做夏至该做的事,

待到秋收冬藏时节,

一切自有结果。

种田是修行,写作也是,

把生活当成命运,不抱怨地吃下去,

然后,一点一点,吐露出来。

——周华诚

第七章 ◇ 我的父亲

1　从学生到农民

以血缘为纽带的聚居村庄,是放大版的家庭;以夫妻、父子为核心的家庭,是缩小版的村庄。

我的父亲,1939年生人,个子不高。我大伯身材高大,二伯次之,父亲最瘦小,大姑妈说,这是随着年岁增长,爷爷奶奶的营养和体质越来越差的缘故。

父亲没有留下少年时期的照片,印象中,他从来就没有年轻过,但六七十岁也不显老,走路或骑车,风风火火。年过八十,牙齿掉光了,才颓然苍老。我比较过父亲70岁与80多岁时的照片,简直判若两人,却又不知道断崖式衰老究竟发生于何时。我对他太不关心了。

第七章　我的父亲

我看过父亲上中学时手绘的象棋谱，字迹工整娟秀，一丝不苟，想必是个有耐心的少年。

我的象棋水平远不及父亲。父亲说，"我不下棋都几十年了，你棋艺臭，不是我水平高"。想必父亲在游戏上的智力要高于我。

父亲喜欢唱歌。儿时，清晨醒来，看到父亲在窗前忙碌的身影，唱着《我的祖国》《送别》《柳堡的故事》，每个音符都能准确地落在拍子上。1989年，高中同学来我家玩，听到父亲哼唱刘欢的《少年壮志不言愁》，惊为天人，因为他一辈子都没听过自己的父亲唱歌。父亲接过任何一张歌谱都能流利哼唱，想必是个多才多艺的少年。

大姑妈说他们兄弟姐妹五人，论学习，数父亲天资最好，算个读书种子。但父亲对少年往事从不主动说起，晚年在我反复询问之下，才会偶尔提及。

1944年，"东洋人乱"，日本鬼子攻占楚门，大人们背着嘉进，父亲走路，跑到芳杜山区避难，晚上和衣而睡。

1946年，就读北监盐工子弟小学，校址在今前排村的杨府庙里。

1950年土改，家里的房产被没收，家具和生产工具充公，拖出来摆放在屋前的空地里，父亲年幼不懂事，蹦蹦跳跳地看热闹。

1952年，考入楚门初中，名列录取榜第四，同班同学年龄相差悬殊，有比父亲大十岁者。初中期间，印象最深刻的事件是斯大林逝世，全校默哀，没有一个人敢出声，仿佛喘一口粗气都要权衡再三。

1957年，投考温州高中失败，这是父亲第一次坐小轮船出远门。玉环学子到温州求学，具有悠久的传统。玉环自清雍正六年（1728）设厅，直到乾隆二十年（1755），玉环岛民终于取得科第的名额，生员入学于温州府学，需涉海往返，颇为不便。乾隆四十三年，才正式设置玉环厅学。但直到近现代，玉环人出门求学、求医，仍习惯往温州跑。

1958年，入学温岭中学。开展反右派斗争，插红旗，拔白旗，老师提心吊胆，没心思教书。大炼钢铁时，学生们半夜到西门外偷拆坟砖，筑炼钢炉。偶尔还去过温西的山区扫盲，到麻车桥演出宣传戏。两年高中，真正用来念书的时间很少。

1959年，到临海考大学，因为地主家庭成分遭拒。同年7月，回乡务农。

温岭中学是温岭、玉环两地最好的学校，当年的高中毕业生比今天的博士生还要稀罕。上世纪50年代,温岭中学出过许多人才,有好几位"两院"院士,元史权威学者陈高华先生也是温中学生。关于名人校友,父亲很有了解的兴趣,虽然他们的成就与己无关。

从楚门出发,到温岭上学,全靠步行,一路很荒凉,三两个同学结伴而行,经过路廊,也不敢坐下久歇,怕遇上拦路打劫的土匪。土匪农忙种地,农闲打劫,大到金银细软,小到破棉袄、烂草鞋,什么都要抢,未免也太不入流。

父亲去过温岭大溪一位谢姓同学家。谢同学的祖上当过大官,坟墓很大,墓前有石人石马和高大的牌坊,在楚门见不到这样的景观,印象格外深刻。我说,大溪在明代有个名叫谢铎的进士,礼部尚书,当年大坟应该还在。

我问:"谢同学,后来可有联系?"

"我的家庭成分不好,他也一样,各自回家务农,断了往来。"父亲答道。

大姑妈说,以父亲的学习成绩,好歹上个大学没问题,却回家务农了。此前的父亲,一心读书,幻想着和大姑妈一样到城里上学、工作。我没见过父亲当年用过的任何书籍和文具,也许回乡不久就丢掉了。父亲对往事讳莫如深,也不与同学来往。1989年前后，收到了温岭中学毕业30周年同学会的请柬，父亲犹豫不决，母亲却在一旁补刀，说："人家当官、当工作的才搞同学会，种田的农民伯伯，哪有同学？"听多了诛心的言语，父亲既不辩护，也不反击，而是认命。其实，即使母亲不反对，父亲大概也不会去参加同学会。

土改时，爷爷被划归为地主，时势如此，无可抱怨，大姑妈和二伯赶上时代的末班车，上了大学。父亲晚生四五年，赶上反右运动开始后"地富反坏右"子女不许上大学的新规定，应了一句老话，"时也，命也，运也，非吾之所能也"。

一旦做了农民，做学生时的优点反而成了缺点。读书，让他知道外面的世界，却失去拥抱世界的勇气。在报纸和广播里，他知道人造卫星上天，人类完成太空漫步，而他只能在稻田里仰望天空。若干年后，他开始认命，人类精英与农民生活在不同的平行世界，他们接受全世界的掌声，而农民有机会从广播中听到他们的名字，为他们喝彩，就该心满意足。

读书让他提笔写字，拥有与众不同的气质，却折损了在田间劳作的体力。在生产队中，父亲不算壮劳力，男性整劳力每天得工分10分，女性整劳力5.5分，他介于男女之间，有时打7分，有时算8分。

第七章 我的父亲

上世纪70年代的胡新大队,每10个工分折合4角人民币。2018年,我在金华市金东区东孝街道考古,工地上的民工告诉我,1975年他们大队的社员,壮劳力出勤一天挣10个工分,折合1元钱。隔壁大队的丘陵红壤区,种不好庄稼,至多折合四五毛钱,与吾乡不相上下。而偏远的公社,吃不饱饭,工分更不值钱,姑娘都愿意嫁到条件更好的大队。我的父老乡亲总说,我们的海岛是全中国最好的地方,那是因为他们没机会见识更好的地方。

这无关公不公平,父亲确实挑不动300斤的担子,何况背负家庭出身的原罪,1961年父亲到上淤晒盐,因为体力不足被其他社员嫌弃。农忙是挣工分的当口,又被经常派去做修路、筑塘的义工,一年下来,父亲的工分会比贫下中农的整劳力少更多。社员们靠工分吃饭,集体生活中公然存在的差距,像一把刀子,刺伤男人的尊严。

在大家庭里,父亲本就不招爷爷奶奶喜爱,又无挣工分的本事,在家整日受气。家里家外,都处于被歧视、被挑剔的境遇,这造成父亲怯弱的性格。父亲对此相当自知,晚年自号"怯弱半痴老人",一半为自嘲,一半是对过往生活的沉痛感慨。

再也没有人欣赏父亲的歌声,小布尔乔亚情调与乡村环境岂止不协调，简直可笑；再也没有人愿意听父亲说书里的故事，庄稼人的专业是种地，不是其他；再也没有人赞美父亲的才情，那种气质非但无用，反而有害，人家大碗喝酒，高声说话，而文弱的人说不出半句粗话。

　　路遥的小说《人生》，字字泣血，道出了无数农村青年共同的情感和生活经验。高中毕业的高加林，高考失败，灰头土脸地回到农村，他完全没有做农民的心理准备，终日哀叹"要文文不上，要武武不下，当个农民，劳动又不好"。高加林毕竟生活在恢复高考之后，农村青年尚存一条逼仄的改变命运的路径。而父亲生活的时代，没有任何改变身份的机会。现实坚硬而残酷，脱离现实就等于想要离开地球讨生活。

2　生产队

生产队长吹起小喇叭,社员们准时集合、出发,前往田间地头,参加集体劳动。

生产队每年种两季水稻,朝东屋河网密布,只要不是久旱,夏秋两季的灌溉不成问题。灌溉条件不佳的高地,可种玉米、冬小麦。海塘新围出的土地,盐分较高,作为自留地,种植棉花、黑豆、绿豆之属。

冬春之际的稻田,以草籽(苜蓿)或油菜作为轮种作物。春天,草籽给稻田覆上一层绿油油的地毯,油菜把稻田装扮成金黄色的海洋,待到草籽开花,星星点点,绿中透红,正是一年四季中最美的田园风光,但社员们恐怕并无多少审美的闲情逸致。油菜用来榨菜籽油,不过吾乡早年流行猪油,认为和尚尼姑才吃菜籽油,所以并不多种。草籽的嫩头用来炒年糕,有一股特殊的清香,缺点是不易消化,牛吃多了草籽会胀肚子,人也一样。农民把大部分的草籽翻耕入土,作为新春耕种的绿肥。

夏季的"双抢"是一年中最辛苦的时节。七月酷暑,早稻收割后,必须赶在立秋之前,将晚稻秧苗及时插下。倘若错过立秋节气,迟一日插秧,要迟好几日收割,甚至晚稻尚未成熟,天气已凉,轻则减产,重则绝收。抢收抢种,即所谓"双抢",时不我待。

"双抢"的工作流程,首先是割稻。稻草是重要物资,农民需要弯腰贴地收割。考古学家说,距今5000年的良渚人并不贴地收割,只是掐穗,良渚农民腰肌劳损的比例想必会比今天的社员们小。割完稻子,接着打稻脱粒,左脚踩在烂泥里,右脚踩着脱粒机(打稻机)的踏板,带动滚筒快速翻转,把水稻放在滚筒上,来回翻转,进行脱粒。然后是挑运、晒谷、入仓。壮劳力下田,老人孩子在家帮忙翻晒谷物,七八月的天,小孩子的脸,说变就变,阵雨袭来,赶紧把稻谷搬回屋里,雨过天晴,又要搬回到晒场去,把谷物平摊开来。

第七章　我的父亲

早稻收割完成，接着耕田，牛耕或者机耕都是技术活，并非所有社员都能胜任。然后又要施肥，把猪圈、粪缸里的肥料，一担一担挑到田头。上世纪70年代末期，化肥开始流行，逐渐替代了农家肥。

施完肥料，才是插秧，为避开中午的酷暑，天蒙蒙亮，社员就要出门，到秧田拔秧，一干就是大半天。"双抢"期间，拔秧是相对轻松的工作。等到下午三四点，太阳不再毒辣，开始下田插秧。

插秧是体力活，也是技术活，有人又快又整齐，有人即使沿着绳子插，也东倒西歪。生产队里最喜闻乐见的劳动竞赛，就是插秧比赛，你追我赶，像田径场上的倒退跑。

在劳动能手的操作下，我们不得不承认劳动是美的，一种秩序的美感。田垄是美的，秧苗是美的，稻田里的草把子是美的，晒场上的谷物也是美的。

种田作为一种学问、一门艺术，本身值得赞美。只是劳动的艰苦和以勤劳无法改变的贫穷不值得赞美。秧田和整齐的新秧苗都很美，但插秧考验腰力，时间久了，腰酸背疼到无法直立。傍晚回家，每个人的头顶都盘旋着一大群蚊子，嘤嘤嗡嗡，如影随形，瞻之在前，忽焉在后。

当秧苗开始生长，灌溉就是生命线。公社里的柴油抽水机并不常见，多数时候需要车水。千百年前的技术传承到今天，几乎没有改进，在河边架起龙骨水车，社员手扶水车上的横杆，双脚踩在撘子上，左右脚交替前行，转动轮轴，带动板叶，把河水抬到高处，沿着水渠，流进农田。车水需要技巧和平衡性，两三人一组，有时总要相互作弄一番，一人突然发力加速，大轮轴飞快转动，他人措手不及，可能摔下水车，也可能悬空挂在扶杆上，于是众人又笑话一番，接着车水。

稻田里使用猪栏肥、粪肥和草肥，还有从河底挖来的塘泥。村前的小河，社员们在此游泳、洗澡、洗衣、刷粪桶，也在此淘米洗菜。三五成群的鸭鹅，粪便直接排入水中，增加了河底塘泥的养料。在水流不畅的河段，水面不时泛出沼气的泡泡。生产队定期挖塘泥，用两根长竹竿钳住底部两个竹箕样的罱泥篰，将河底的淤泥夹进罱泥篰内，借助水的浮力提到船舱，足有几十斤重，上提要用腰力臂力。挖塘泥既为改善水质，更为集聚肥料。塘泥载到河边堆起来，像一座座黑乎乎的烂泥小山。

无论割稻、打稻、挑担，还是插秧、车水、挖塘泥，父亲都不是能手，工分只有整劳力的三分之二，如果不能改变在集体中的"弱者"人设，就无法建立威信。集体生活会放大一个人的短板,犹如学校里身材瘦弱、个性温和的孩子容易被人欺负。也许单干,或者离群索居,对弱者会更好一点。

一个人的威信,并不完全由力气决定,这是人类社会区别于动物之处,智慧、勇气、技艺、人情世故,都可以影响社会地位。也许父亲像高加林一样,并未为回到农村生活做好准备,只是被动应付着周边的环境。三百六十行,种田不算最辛苦,村庄中有宁愿去长兴挖煤也不愿待在家里种田的人,犹如有人天性喜欢数学,有人擅长语文,父亲可能天生不擅长农活。然而,生产队的集体劳动,不是挖煤,更不比做数学题,检验社员能力的主要标准,只看谁能把庄稼种好,谁能挑更重的担子。

上世纪80年代,有些学者和作家经常抱怨没完没了的运动耽误了他们的事业,否则有机会写出更多更好的作品。这种说法既对也不对。说对,因为运动确实浪费了学者的时间和精力;说不对,因为这说法基于假设,就算不下放,也不是所有人都能创造伟大的作品。有智慧的人,无论当学者,还是做农民,都可以做到相当优秀,王世襄成为放牛能手,汪曾祺是种土豆的专家,回到城里,继续做他们的学者或作家老本行,当事人似乎也随遇而安。只不过大家认为写作和学术研究方为正道,放牛和种土豆是大材小用、暴殄天物。扪心自问,这种价值观未免太过傲慢。

做农民是命运的安排,种地是农民的本分。一个高中生若肯钻研,本可种好庄稼,就像王世襄琢磨放牛、汪曾祺研究种土豆的业务。1982年包产到户后,父亲曾经购买科学种田的书籍,自学种田的科学知识,但在生产队的集体劳动中,他完全缺乏内驱动力。

以王世襄、汪曾祺"和光同尘"的境界要求普通人太过苛刻。但我曾经想过,如果上了大学,以父亲的资质能否成为一名合格的工程师,或者优秀的人民教师。至于回家务农,父亲肯定认命,但始终未能成为优秀的种田人,只能解释为他对务农和生产队环境的排斥,任何人都无法在这样的心态下发挥主观能动性。

在生产队中,只要与集体沾边总要吃亏,于是父亲选择疏离集体;在大家庭中,是非不断,又要吃亏,父亲的口头禅是"自顾自",意思是独善其身,少管闲事,尽量规避复杂的人际关系;在朝东屋,父亲是少见的喜欢独处的人,他从不参加河边的夏日集体乘凉,从不到小店里高谈阔论。

我的高一语文课本中有契诃夫的小说《套中人》,父亲知道这个故事，对胆小怕事、性格孤僻的别里科夫表示理解和同情，恐惧于复杂的现实和不确定的未来，于是选择成为"装在套子里的人"。只是任何选择都有代价，过于强调自我保护，压抑自身的欲望和天赋，付出的代价是生命力的萎缩。

据文学分析的观点，别里科夫的性格是沙俄时代的产物，半为天生，半为社会环境使然。父亲的选择，既出于性格，也是适应乡村、大家庭熟人环境的结果。如果重返历史现场，很多人也有可能像父亲这样选择，否则别里科夫不会成为文学典型，让全世界的读者心有戚戚然。

遗憾的是，逃避集体生活，害怕人际冲突，这些被动的性格特征，成为母亲攻击父亲的理由，也是我给父亲贴上"失败者"标签的原因。

在成长的叛逆期，我渴望成为顶天立地的男子汉。然而，我的"男子汉"与其说有具体的内涵，不如说只是一种意象，是边缘、逃避、弱小、害怕冲突的反面，也就是父亲的反面。

3　另一种可能性

　　胡新大队第一生产队有个名叫陈先岳的人,由于受他父亲参与"反动会道门"的牵连,1958年被中南矿冶学院退学,与我父亲一样回家务农。

　　在文盲居多的农村,高中生大有用武之地,公社、盐场需要记账、算账、写稿子的文书,就是在生产队里当个会计,拿笔杆子毕竟也比拿锄头轻快许多。

　　先岳为人活络,在盐场做临时工,给大队当会计,算账管账,出谋划策,深得领导信任。修筑海塘的块石,公社一般让先岳做头承包,组织社员们从采石场运来。拉石头比在田地里挣工分实惠,社员们都要巴结先岳,以争取拉石头的工作机会。

第七章　我的父亲

吾乡最好的建筑用石，产于楚门龙王村的采石场，称为"龙王石"（"文化大革命"期间，龙王村一度改名为"立新大队"），清港、芳杜等地的石质不好，肌理太碎。1978年，从龙王村拉一板车的石头，载运至外塘公社所在地胡新大队，报酬是5毛钱。一个壮劳力每天拉三车，可赚1.5元。拉石头是重体力活，连续拉上三天，疲劳过度，拉出来的小便都是黄色的，必须吃一顿鸡子（蛋）炖酒以进补，第四天才能继续劳动。

先岳既能从公社拿到资源承包做头，也会挽起袖子拉石头，可谓允文允武。尽管家庭成分同样不好，但比我父亲更有威望。在任何时代，个人的性格和才能都是决定实力地位的重要因素。我大伯的女儿是村里有名的美女，与先岳同居，大伯嫌其家庭成分不好，死活反对，闹过不少风波。后来看先岳能力突出，同意了这桩婚事。

我可以举出更多的例子说明先岳的能力。公社经常举办家庭卫生竞赛，多数人家敷衍了事，但他总是全力以赴，洒扫庭除，一尘不染，每回都争第一名，门口常年贴着"卫生家庭"的大红纸，这让大队支书脸上有光。先岳说，我们这种家庭出身，必须加倍努力，争取每个当"先进"的机会，才能赢得本就不多的翻身机会。

改革开放后,多数人依然懵懵懂懂,先岳敏感地意识到时代的变化,先是做生意,卖外国香烟,后来承包滩涂养殖,成为村庄里先富起来的人。他是具有开拓冒险精神的新一代农民,买卖香烟赚钱了,养殖鳗鱼亏空了,开办味精厂赚钱了,经营房产又亏空了,然后又在别的地方赚钱了。也许,不确定性就是生活的本质和魅力所在吧,这是包括父亲在内的绝大多数农民不敢想象的人生阅历。

父亲没做过大队会计,但也有过改变命运的机会。1960年前后,父亲在上湫小学当过代课老师。路遥小说《人生》的开篇,高考失利后的高加林,先是在农村做代课老师,被村主任的儿子顶替了代课的职缺,万念俱灰。代课教师是农村知识青年最好的出路,可以摆脱繁重的体力劳动,并发挥文化特长。可惜父亲未能抓住机会,代了半年课,打道回府。

我曾经问过父亲,当年发生了什么?

父亲说:"上湫小学正式教师的文化水平太差,误人子弟,让我这做代课教师的看不下去。"

如果父亲把这种"孤傲"的想法藏于心底,时间久了,大概率也会影响与同事之间的相处,何况他藏不住,言谈举止,自觉不自觉地流露出清高的神态。这就注定了他的被排挤、被

第七章　我的父亲

驱逐。

传统文人标榜的"自尊""清高",荼毒最深的就是乡下的青年。农村青年对人性的认知普遍比干部、商人家庭的孩子要晚熟。幽暗的人性、世态的炎凉是自然规律的一部分,顺势而为,顺应规律行事,本是一种生活智慧,却被传统文人污名化为"庸俗""市侩"。如果人类的智慧可以遗传,二十四史记载了那么多的经验教训,人类应该进化得更加完美才对。但事实绝非如此,父辈吃过的苦,代替不了孩子吃苦,我们经历的教训,代替不了孩子的教训。每一代人必须亲历苦难和教训,才能进步和成长,生活是体验,讲道理是没有用的。

踏入社会的第一堂课,说明父亲缺乏处理人际关系的柔软身段。如果换为先岳,性格不同,认知不同,也许就能及时脱下书生气的长衫,抓住机会,先做代课教师,继而争取转正。

当然,这只是生活的另一种可能性,但在母亲看来,先岳是父亲的反面参照系,类似的家庭出身,一样的退学务农,在朝东屋的影响力截然相反。先岳逢山开路,遇水搭桥,充分利用有限的资源,创造有利于自己的工作条件。他是能力、活络、威信的象征,父亲是前述美德的反面。

每一次吵架,母亲攻击父亲,都像个语言大师,摆事实,讲道理，有归纳，有分析，简直能让巨石点头。父亲明明是小个子，母亲揶揄他人高马大；父亲明明老实本分，母亲嘲笑他八面玲珑；父亲明明小心谨慎，母亲偏要挖苦他敢作敢为。面对攻击，父亲先是抗争，后来习惯沉默。

2003年，在我也做了父亲以后，逐渐发现自己与父亲越来越像，当我从性格的底色中辨别出父亲的存在，不得不感慨流淌在血液中的神秘力量，但也让我恐惧不安。我心目中的男子汉，从来就不是谨小慎微的父亲，而是父亲所有性格特征的反面。我为此深感困扰，我的痛苦来自被生产队、家庭和个人成长经历共同塑造的"虚弱"的父亲。

第八章 ◇ 寻找男子汉

1　包产到户之后

相对于集体劳动，父亲更适合单干，自己管自己，不用看人脸色，不必被人选择。1981年7月，朝东屋分田到户，实施承包责任制，规定每个成年人分田0.36亩，我家一共四人，两个大人，两个未成年人，加上小姑妈的户口留在我家，共获田2.09亩，其中1.3亩在高百亩，其余在箪园里。

包产到户后，农民的土地主要有两种：自留地和包产地。两种土地的所有权都属于国家，农民对自留地只有使用权，不得出租、转让、买卖或侵占，不得进行非农业生产，如盖房、开工厂。自留地由来已久，原则上按照人口多少，把小块的边角地分给农民。小块地的灌溉条件一般，而且分散，我家的几

第八章 寻找男子汉

块自留地,有的在家门口,有的在新塘下,有的远在四五里开外的苔山塘,只能种植蔬菜、瓜豆、棉花之类。自留地里出产的农副产品归农家支配,无须缴粮纳税。在人民公社时期,自留地作为集体生产的补充,使用权属于农户,用来改善社员生活。相对于生产队的集体土地,农民打理自留地,会更用心一点。

包产到户是大事件,农民对包产地出产的粮食拥有更多的支配权。乡亲们对田地的肥瘠、多少和距离村庄的远近,斤斤计较。外塘公社胡新大队第二生产队的稻田,主要在篁园里、上号、高百亩三个地方:篁园里邻近村庄,田头的竹林,是本地常见的篁竹,故名。这里土地肥沃,算是上等田,分田到户时,8分当成1亩。上号,距离村庄稍远,靠近大路,算中等田,1亩当1亩。高百亩距离最远,只有田埂小路,板车拉不进去,是下等田,1.2亩折算为1亩。爷爷曾经记载1976年8月的早稻亩产量,篁园里亩产毛重990斤,上号亩产970斤,高百亩亩产940斤,可以佐证以上说法。

分田之初,农民劳动积极性高涨,早稻收割,三天之内就可完成,这与生产队时的"磨洋工"形成巨大反差。有一部分人怀念集体劳动的优越性,自发地相互协作,待日子稍久,集体意识才慢慢地变淡。父亲不留恋集体，恨不得什么都要单干。

父亲买来打稻机、喷雾器、板车、水泵，只要能够独立购置，决不假借他人。父亲钻研种田知识，在田里哼着小调，家里再也不愁吃不上白米饭了，粮食吃半碗，倒半碗喂鸡都够。

父亲以农业专家自诩，邻居登门请教杀虫、育种的知识，是他的开心时刻。但邻居来借板车、打稻机或喷雾器，父亲却老大不愿意，他说借来借去，徒增困扰，借过去的喷雾器，还回来不洗干净，说说难为情，不说憋得慌。邻里互助本来是建立人际关系的好机会，但父亲不想占人便宜，也不愿被人占便宜，不求人，也不愿与人冲突，这太符合他的性格了。

然而，时代变化之快，超出人们的想象。吃饱饭没两年，农村就出现农田大面积抛荒的现象，养鸡专业户、乡镇企业家或者出门做衣裳的人如雨后春笋般冒出来，他们都不种田了，农村最早的"万元户"来自养鸡专业户等非农业和个体经济家庭。人们需要钱，而不是粮食，种田不赚钱。

包产地依据国家政策规定缴公粮，或缴纳农业税。缴公粮不是纳税，但国家强制收购的平价粮，价格定得很低。缴纳完公粮，倘若有余粮可卖，也只能卖给国家的粮站，就是议价粮。议价粮凭借粮食分级来定价，价格比平价粮稍高一点。所谓

第八章　寻找男子汉

"谷贱伤农",有余粮的农家也卖不了几个钱。

粮食只有一个流通渠道,就是农户所在的乡镇粮站、粮库。种田人需要现金,粮库成为掌控农民现金流的翻云覆雨手,农民的生活质量很大程度上取决于粮站质检员的工作。

交粮,需要通过质检、过秤两道关。质检员以眼观、手摸、搓压、咀嚼来判断粮食的干湿度、颗粒饱满度,如果不达标,质检员拒收,就让拉回去重晒,或者打折收购,由粮库自行晾晒入库。在农民眼里,粮站干部俨然就是"一言兴邦,一言丧邦"的国王。种田人的现金收入,主要来源于卖议价粮。没有手艺傍身或缺少门路的农家,普遍拮据。

实行家庭联产承包责任制的头几年,农民的劳动积极性颇高。但他们很快发现庄稼收成好坏,对生活水平的提升作用有限。曾经当宝贝的农田,结果倒是累赘,1988年后依然种田的农民,人们不会赞扬其勤劳,只会嘲笑他没本事。

粮食统购统销的政策,从1953年开始直到1992年底停止,共施行39年。1992年底,全国844个县(市)放开了粮食价格,随着粮食市场形成,统购统销终于退出了历史舞台。包产地的承包期限,写明在承包合同上,1982年土地包产到户的承包期限是15年,1997年到期后,第二轮继续签订。其实,等不到那一天，朝东屋的村民早已失去了种田的热情。

家父劳动力一般，孩子又都念书，田里只有父母两人干活。劳动积极性一年不如一年，别人家一日完成插秧，我家则需要5天。"双抢"时节，割稻、晒谷、收谷、翻耕、拔秧、插秧，事情挤到一块，倘若赶上自留地里的黄豆、绿豆同时成熟，不及时收进，豆荚炸开，豆粒全孝敬了土地爷。真是忙上加忙，苦不堪言，父母免不了彼此抱怨，又要争吵。1985年，哥哥已经"农转非"，但父母坚持种田，非得拉上我去插秧、割稻不可。我是农民，也有属于自己的小块土地，却吃不了苦，笨手笨脚，不帮倒忙就好了。父母坚持这么做，一方面由于思想观念的惯性，不忍心田地抛荒，毕竟苍蝇腿也是肉，另一方面也有教训的动机——让我尝尝种田人的苦头，才会用心念书。

1991年，我考上大学。既然子女都已"农转非"，高百亩的田地随即就不种了，只保留箪园里的上等田。父亲多次想把高百亩送给别人，但此时的田地，白送都没人要。好在找不到下家，2006年高百亩被政府以一亩10万元的价格征用，因此获赔13万元，否则这笔土地补偿款就拱手让人了。

如今，高百亩的土地上，建起了叶文玲文学馆——叶文玲，是楚门籍的作家。文学馆的四周，高楼林立，已无半点旧日痕迹。然而，在我的记忆中，30多年前的稻田，哪里有条田埂，哪里有道水沟，哪里有座小桥，哪里有棵大树，哪里有个坟墩，连每一处地形的高低起伏，依然历历在目。

2 晒盐人与盐务所

朝东屋的生计,除了种田,还有晒盐。种田人的舞台是稻田,晒盐人的舞台是盐田。

盐田,海边人称为"盐坦",围在海塘之内,在拍打得平坦而坚实的滩涂地上,铺嵌以釉陶缸的碎片,故名"缸爿坦"。在烈日照射下,缸爿升温快,有利于海水蒸发。1990年后由于塑料薄膜的普及,改以塑料薄膜晒盐,缸爿坦逐渐退出历史舞台。

缸爿坦,以石板为边框,隔成一个个方正的框格,既为防止卤水外溢,也是各自独立的生产单位。乡下的水缸惯用粗釉陶,用来铺筑盐田的缸爿,是釉陶中的次品,成色斑驳。一排排整齐的盐田,好像绵延不绝的围棋盘,在烈日掩映下,五彩

第八章 寻找男子汉

斑斓。乐清湾沿岸的这批盐田，民国时期称为楚门北监盐场。据1933年盐务署盐务稽核总所编《中国盐政实录》载，北监场设置于1916年，管辖楚门半岛海岸连片的盐场，最初的产区主要在外塘、盐盘、后蛟三地，共有灰晒盐坦1086支，其中外塘占四分之三。

这种借助日光、风力蒸发的"盐田晒盐法"，是较晚出现的制盐工艺，玉环岛上的盐田大概出现于清嘉庆、道光年间。此前，采用"煎制法"，在大灶上架起大铁锅（牢盆），注入海卤，燃之煮之，盐民也叫"灶户"或"灶丁"。

把晒盐的工艺和原理说清楚，并不容易。盐卤有灰晒（晒灰淋卤）、滩晒两种工艺。新中国成立后，推行滩晒法，我儿时所见主要是滩晒。滩晒场共有七八格，最外头的第一格以闸门与海水相通，将海水逐级逐格引进来，利用阳光和海风的挥发作用将海水制为盐卤。楚门镇面向的乐清湾，河流众多，海水较淡，含盐量在1度左右，干江镇以外的披山洋海水较咸，不用晒就有4度，玉环县国营盐场就设在干江镇垟坑村，无论产量，还是品质，均非吾乡外塘可及。如果连续有十个好天气，海水经过多轮蒸发，含盐量达到27度以上就可以晒盐了，但盐卤若超过32度，则过犹不及，晒出的盐发苦，就报废了，或者只能充工业用盐。

父亲是老高中生,晒了大半辈子的盐,每次都说得糊涂。他不耐烦了,就说:"别问了,全中国几亿人种田,也就出了一个袁隆平。"这话在理!乡亲们劳碌一辈子,也没见谁说得清种田、晒盐的道理,只要遵循二十四节气,春分做春分该做的事,立夏做立夏该做的事,待到秋收冬藏时节,一切自有结果。

晒盐人靠太阳吃饭,最好是连续的大晴天。1973年大旱,山里人愁死了,各村选派数百名男子集体求雨,由道士、和尚带队,大家身着白布衫,不穿鞋,不戴帽,抬着龙轿和八仙桌,举旗列队,鸣锣开道,四处巡游,最后来到龙潭坑,奉上祭品,虔诚求雨。而海边人乐开了花,连续大半年的艳阳高照,万里无云万里天,最是产盐好时节。

晒盐人关心县广播站每天播放的天气预报,天气预报一般先用普通话说一遍,再用土话说一遍,确保大家都能听懂,遗憾的是,"坎门气象站"的信息经常不准,预报楚门半岛这边的雷阵雨天气误差尤其大。有经验的盐民秉承"尽信广播则不如无广播"的古训,他们有自己观察天气的方法,估摸着天要下雨,赶紧把盐卤赶回盖有石板或茅草的卤水池里,俗称"赶卤",天晴后,又把盐卤一舀一舀地舀到盐田里,俗称"接卤"。最怕半

第八章　寻找男子汉

夜三更毫无预兆的雷阵雨，盐民从睡梦中惊醒，胡乱披件衣裳，穿上蓑衣，冒着电闪雷鸣，跑到盐坦，把盐卤赶回卤水池里。

我家盐田不多，只有8.3厘，即四分之一支。有时候父亲懒得起床，任凭雨水冲淋，然后，接下来的许多日子都没有足够纯度的盐卤可供生产。钧林叔是父亲的从弟，他家子女多，盐田也多，晒盐是家庭的主要经济来源，则不敢有丝毫怠慢。

自古以来，盐就是国家专卖的商品。有一种负责管理盐业生产、征收的机构，设置到了最基层的农村。这机构名叫盐务所，上级单位是县盐务局。盐务所里的干部，坐办公室，吹电风扇，在乡亲们看来是《左传》中的"肉食者"，其实只是直接与老百姓打交道的基层干部。

盐务所拥有村庄里最早的一台黑白电视机，《排球女将》《血疑》等轰动一时的电视剧，我都是在那里看的。晚上，乡亲们赖在电视机前不肯走，盐务所的干部不好意思赶人，只好一起耗到电视机满屏雪花为止。对于那些每晚挨到电视节目打烊的观众，盐务所工作人员终于失去了耐心，有时会故意不开门。于是，孩子们就围在盐务所外头叫骂，甚至朝院子里扔石头。

当年的农村，夜晚缺乏照明，又无电视、电脑、网络、游戏以供消遣，劳作一天的人们习惯早睡。大多数人家没有钟表，习惯以县里的有线广播作为作息标准。清晨6点,广播在《东方红》的音乐声中开始,人们起床;中午、晚上的广播响起,家庭主妇开始做饭。晚上八点半,播报完明日的天气预报,听到"玉环县人民广播站,今天第三次播音到此结束,听众朋友们下次播音见"的声音,朝东屋除了酒鬼和赌棍,正经人都上床休息了。偶尔一两天赖在电视机前不走,倒也无妨,天天来闹,盐务所干部当然烦不过,但农民不理解人家的苦衷,只说当干部的爱摆谱。

盐田附近必有盐仓,叫作廒仓。理论上,盐田出产的所有盐,颗粒归仓。盐务所干部高坐在廒仓门口,手掌一杆大秤,按官价收购。有的干部温和,有的凶狠。对那些不客气的干部,村民说,逼着杨白劳喝盐卤的黄世仁,也不过如此。

"他妈的,我们不种地不晒盐,看他们吃什么!"村民经常这么说话,每个字都经得起推敲,可就是无人兑现诺言。

盐务所的老沈爷,和蔼可亲,大家都说他是"清官"。他是杭州的下乡干部,抽烟,把香烟壳纸积攒起来,分发给村庄里的孩子们。白天,老沈爷在廒仓工作,偶尔出门抓捕贩卖私盐的人。晚上,他喜欢到农家串门,知道哪户人家在偷卖私盐,说:"不好这样的,那要犯法的。"

第八章　寻找男子汉

20世纪80年代，国家的征收价是每百斤盐1元，而私盐的收购价每百斤3元，相差3倍之多。盐民家里必备一口大缸，用以储藏偷偷从盐田挑回来的盐。半夜，听说有私盐贩子前来收购的消息，村民们集体出动，出门卖私盐。劳力强的人，能挑两三百斤的担子，走上十几里路。到温岭卖私盐，担心在路上被抓，不敢走大路，来回要走上百公里的山路。

我家盐田少，父亲体力有限，每次至多挑一百来斤。看到别家的男人赚钱多，妇女们总要眼红，总要攀比，母亲又要奚落父亲一通。

盐务所坐落于朝东屋自然村，干部对本村人相对友善一点，只要不太过分，甚至睁一只眼闭一只眼。对其他村庄人的处罚就要严厉很多，胡家有人卖私盐被逮住了，结果被没收了板车。卖私盐、偷盐卤被抓，除了没收非法所得，更要罚放电影，广而告之，让全体社员前来观看，以示惩戒。放一场电影的费用约十来元，不能说特别多，但很丢人。

盐务所里订有《人民日报》《浙江日报》《参考消息》，父亲是朝东屋少有的几名农民读者之一，他最爱《参考消息》。父亲对我说，《人民日报》是北京的，《文汇报》来自上海，尼克松是美国总统，冷空气的故乡在苏联的西伯利亚。我不知道这些知识派什么用,但可以感受到父亲与其他农民的不同之处。

老沈爷和父亲聊得来。他们一起讨论"叛逃"的音乐家马思聪和失踪的科学家彭加木,一定还聊过重出政坛不久的邓小平先生,以及他那可能会改变许多人命运的决策。

他们从西安事变、解放战争、土改、反右,到"大跃进""文化大革命",无所不谈,但从不高声说话。他们关心政治,并有自己的见解。这让后来的我相信,远离政治中心的乡下人,从普通人的常识出发,也有可能部分接近历史真相。

老沈爷退休后,回了杭州,父亲曾经与他通信。后来,老沈爷回来看望过父亲,父亲把自己珍爱的邮票都送给了他,这一次,父亲绝不小气。再后来,老沈爷去世。我现在杭州上班,走在城市的许多角落,偶尔会想起,在街道的转角,忽然遇见老沈爷,尽管我不知道他的名字。一个下放农村的城里人,或许算不得真正的干部,因为他送我香烟纸,抚摸过我的脑袋,我始终记着老沈爷,父亲也是。

读报,在农村是罕见的文化生活方式。有的家庭妇女会为有阅读习惯的丈夫而骄傲,毕竟读书看报让人的气质与众不同。我认识一个地方博物馆的老同志,爱好画画,经常到乡下写生,他的妻子特别骄傲,向闺蜜炫耀双休日要陪丈夫出门"写生"——多么高大上的字眼啊，让生活在柴米油盐中升华。

一般的农村妇女崇拜有文化的人，但母亲不是。她反对读书看报，不是反对文化，而是为反对而反对。母亲不为父亲而骄傲，如果赶上农忙，她会攻击父亲的读报习惯，认为农民的本分是种田，读报纯属多余。她的观点并不稳定，如果心情好，认为读报无伤大雅，或许称得上好习惯，如果心情不好，又会认为读报"不三不四"，就像当年大聋的写诗画画一样。她认为老沈爷应该读报，毕竟人家是干部，父亲不该读报，因为是农民。同样是读报，观点因时因人而异，她并不认为存在逻辑的问题。我长大后对读闲书、写诗作画时常纠结，无法充分享受文化娱乐的乐趣，一度甚至出现"反智"倾向，或许与母亲情绪化的评论有关。

1992年后，乡亲们不再晒盐，盐田消失，盐务所也关门了。2010年回家过年，我走进废弃已久的盐务所，当年貌似高大的建筑，竟然如此简陋，里头挤满了外省的打工者，屋内的设施和装修停留在上世纪80年代的某个时刻。时代的车轮滚滚向前，这个角落已被人遗忘。

2021年，盐务所建筑拆除，不久以后将建起拆迁户的安置房。

3　虚弱与逃避

爷爷被划分为地主时,父亲才10岁出头,按理说,后来的运动或批斗,都不该轮到他。

大家都乡里乡亲的,低头不见抬头见,即使在"以阶级斗争为纲"的年代,一般也拉不下脸面真把人推上批斗台。然而,1971年农历三月初九晚上,在生产队的谷屋里,父亲被人架着,跪在凳子上接受批斗。这场针对父亲的批斗会,母亲至今记得各种细节,是谁搬的小凳子,谁举的美孚灯,谁骂了什么话,谁摁了父亲的脑袋。

起因是父亲对"农业学大寨"中不讲科学的做法表达了不同看法。集体劳动没效率,白天磨洋工,晚上却要挑灯大会战,

第八章　寻找男子汉

记工分、分配粮食也都安排在晚上,时事政治和大政方针的学习,一学就是半夜,第二天一早还要上工。有段时间刮起一股"地改田"的风气,不问有无灌溉的水源,一味扩大水田面积,地势较高的地方,墒情不佳,今晚灌得满满的水田,明早漏得精光,像个漏斗。在"农业学大寨"的高潮时期,楚门周边大大小小的山头,全部改造成了梯田,一棵树都没有,漫山遍野没地方打柴火。梯田建设并无效益,但破坏了自然环境,70年代中期后又逐渐恢复为自然山野。

父亲看不惯,说过几句怪话,罪名是"破坏集体经济",搞剪纸小手艺,罪名是冲击"以粮为纲"。另一个罪名是"开黑会",他和先岳同病相怜,曾聚在一起发牢骚,遭人举报。母亲说,祸从口出只是一部分原因,主要还是父亲性格软弱,好人抓坏蛋的游戏,总得有人扮演坏蛋戏才演得下去。大伯的两个儿子嘉进、嘉坚人高马大,一起"开黑会"的先岳,都无人敢惹,而欺负老实人没有后果。

在推行计划生育政策之前,国家一度鼓励生育。上世纪60年代,一般家庭大都有三至五六个孩子。1971年政策改变(1971年7月8日国务院转发《关于做好计划生育工作的报告》,首次把控制人口增长的指标纳入国家发展计划),号召一对夫妇最多生两个孩子,但也不像后来那么具有强制性。1972年我出生后,母亲到公社卫生院做了结扎手术。父亲有感而发:"这回好了,没机会做外公了。"不料,话传到大队妇女主任那边就变味了,她认为父亲对国家政策不满,地主家庭生两个孩子已是多余,居然还想要女儿,遂让民兵把父亲抓到公社里关了两夜。母亲刚做过结扎手术,奶水不够,父亲又被关起来,那段时间由小姑妈用米糊喂养我。2013年春节,父母重提往事,语调轻松,仿佛在讲一个事不关己的笑话。其实,依然是老实人的辛酸故事。

如前所述,关于建造新房,父亲的态度相对消极。但既然决定建房,则从不撂挑子,建房所需块石都由父亲搬来。劳累过度,急性病乘虚而入,父亲得了甲型肝炎。急性病,来得急,去得快,甲肝很快康复,父亲高兴极了,带我去公社大礼堂看电影《小花》,一路上,有说有笑,行路有风,我们走多快,天边的月亮就有多快,当我们回到屋里,月亮就落进了山谷里。第二天早上,父亲唱起了电影插曲《妹妹找哥泪花流》。

然而,甲肝后来转化为乙肝。乙肝是慢性病,也是富贵病,一经沾染就受不起劳累,本就不出色的劳力因此又折损大半,治病更需要一笔不小的费用。病情反复多年,让父亲心力交瘁。

第八章 寻找男子汉

病情牵连着情绪,若病情加重,父亲烦躁不安,草草吃过晚饭,早早关起门休息。

1992年,江青反革命集团成员王洪文因为肝病去世。父亲从报纸上获知消息,闷闷不乐,好像别人致命的肝病会传染给他似的。一个人心理虚弱,就会草木皆兵,对号入座,甚至倒因为果。年轻人对保健品广告嗤之以鼻,体弱多病者却容易上当,正常人不会相信民间偏方,但绝症患者就会。肝病让父亲虚弱,直到多年后病情痊愈,心理负担才终于放下。

新房建设损害了父亲的健康,还带来更加恶性的东西,宅基地纠纷引发了我们与大伯全家旷日持久的争吵。一旦推上战斗前线,就无退缩之路。退让,意味着利益和道义的全线溃败。

母亲在前线与敌人对骂,而父亲躲起来,选择沉默。无论场面,还是实际利益,我们都是失败方,只有母亲继续逞强。农家的场面毕竟要靠男人支撑,男人足够强硬,家庭才有底气。每次吵完架,母亲都气到发抖,先骂父亲窝囊废,然后叮嘱哥哥和我快点长大,替她出头,为她争一口气。

多么令人绝望,我的心都碎了!在弱肉强食的村庄,道理并不取决于事实本身,而更多决定于男人的强大与否。我渴望有个顶天立地的男子汉出现在我家门口,横刀立马。母亲以为家庭的不幸源于父亲的逃避，我认为懦弱的父亲无法为家撑起一片天空。

2023年，父亲病重昏迷期间，经常哭泣和呓语，说嘉进欺负他，央求别人不要批评他、为难他，过往的心灵创伤至死未愈，这让陪侍一旁的我深感震惊和悲伤。

每次争吵，母亲总能举出不同例子，变换着语言花式，嘲笑、攻击父亲，内容无非如此：一说父亲老实，在社会上吃不开；二说父亲懦弱，不能替家人出头；三说父亲没本事，无法给家庭带来好生活。

母亲记忆力惊人，以夸张而形象的语言、充满细节的故事，讲来绘声绘色。父亲无力招架，或许他认为多辩无益，或许他认为批评也不全属空穴来风，实在被惹急了，父亲摔掉碗筷，夺门而出。

连续数日的冷战过去，直到开启新一轮的热战。

母亲的语言犹如一记记重拳，将父亲击倒在地，摧毁了父亲在孩子心中本该高大的形象。我从小认定，父亲是指望不上的，未来只能依靠自己。父亲的形象一旦坍塌，孩子的自我认同就很难真正建立，这是后来我体悟到的道理。让击倒在地的父亲重新站立起来，是一条漫长而艰难的道路。

第八章　寻找男子汉

有一次，我与历史学家包伟民老师聊起童年往事，说到父亲在农村被人歧视，被母亲攻击，在我心中，父亲从来不是坚强的靠山，而是失败人生的象征。

"父亲肯定感受到了我的疏离和敌意，不知道他会怎样想。"我喃喃地说。

包老师脱口而出："太残忍，你的父亲太可怜了。"残忍，可怜，是我此前未曾想到过的强烈的情感体验，刹那间，我流下眼泪。

我和孩子一起看过美国梦工厂的动画片《功夫熊猫》，关于一只会功夫的熊猫阿宝寻找父亲的故事。熊猫阿宝的父亲是一只鸭子，两人格格不入，经常的自我怀疑，让阿宝悲伤，让阿宝脆弱。好在电影有个光明的结局，阿宝终于接纳了父亲，变得勇敢坚强，击败了强大的敌人。在影片字幕升起之前，阿宝抱着父亲说："你永远是我的爸爸。"电影故事并不复杂，而我莫名感动。这个寻找自我的寓言故事表明，孩子接纳他的父亲，才有机会成长为真正的男子汉。

第九章 ◇ 重建之路

1 信念与责任

1966年10月,父母结婚。1968年12月,哥哥出生。我出生之日,正值美国总统尼克松访华期间,此事轰动世界,父亲拟为我取名为"访华"。

父亲一度想给我取名为"剑桥",希望我将来留学英国剑桥大学,做个体面的文化人。他深埋于心底的理想火焰,从来不曾熄灭。

父亲还曾计划以"逸舟"当我的名字。世外的一叶不系之舟,这散淡的名字,寄托着他遗世独立的理想,但遭到母亲和小姑妈反对,孩子是祖国的花朵、家庭的希望,暮气沉沉,成何体统?

第九章　重建之路

最后回到老路上,按照家谱起名,"嘉"是族谱中的行辈,"利"图个吉利。名字到底是个符号,阿猫阿狗,叫顺了就好,毕竟乡下生活没有精致到连取名都要讲究的地步。郑家大房派的伯父,家里着火,寄住在祠堂里。因为他出生于祠堂里,人们就叫他"祠堂"。有个童养媳,是别家遗弃的女孩,好心的老太太在楚门街上把她捡来,村里人叫她"捡来",叫了一辈子。

隔壁村的阿婆,名叫张金钗,《红楼梦》里薛宝钗的"钗",挺好听的。1987年,国务院为加强人口管理,规定中国公民得按户口办理身份证。在身份证上,"张金钗"被写成了"张金衩",大裤衩的"衩",像个恶作剧。她也不抗议,女人的名字本就备而不用,这是她第一次真正拥有具有法律意义的正式姓名,然而,大家依然称呼她"某某老婆""某某娘"。

我不知道父亲初为人父时的感受,猜想他一定有个心愿,不让孩子重蹈自己的覆辙,一辈子困在农村。

如果猜想成立的话,许多故事会有不同的理解,将不再是母亲攻击父亲时的那套单方面的说辞。

1982年建新房,母亲说父亲得过且过。"怕麻烦"固为人之常情,但也有可能是父亲谋划让孩子离开农村,如果孩子不住,造房子的钱不如用来给孩子读书。新居落成之初,母亲多少有点攀比心，父亲则相对淡泊。新居必须要建，但造多大规模，何种式样，可否节省一点，大有讨论的空间——父母围绕建房的争吵，部分与此相关。

上世纪80年代后期，电视机已经相当普及。但到1991年我考上大学，我家才拥有第一台电视机。父亲明确说过："不是买不起电视，而是怕影响你念书。"父亲的重点始终是培养孩子上学，其他都是次要的。

为肝炎所苦的父亲，拒绝与我们同桌用餐，他有专属的碗筷，独自闷头吃饭。我无法感受到父亲的善意，反而认为他冷漠疏离，殊不知他以实际行动保护家人的健康，免受病毒感染。

农村是典型的人情社会，许多事情是做给熟人看的，即便造房子，也不例外。婚礼、葬礼更是人情世故，尤其是丧葬礼，对孝子的财富、体力和意志构成很大的挑战，种种烦琐而折腾人的仪式，既是孝子的证明，更是丧家人脉关系的集中宣示。在农村，无人能够摆脱人情的束缚。父亲在很大程度上按照自己的意愿生活，不顾闲言碎语，尽量减少人情往来，其实，这比一般人更需要勇气。

是的，在哥哥和我出生以后，父亲自我实现的信念就寄托在我俩身上。

第九章 重建之路

哥哥上小学，尚在"文化大革命"后期。革命样板戏《龙江颂》中的生产队长说："千万不要忘记阶级斗争，把四类分子管得老老实实的。"地主的子女不敢奢望上大学。父亲的想法是让孩子念几年书，至少能读书看报、记账算账。

1979年我上学后，恢复高考已有两年，"四类分子"已经开始摘帽，社会上不再有家庭成分一说（1979年中共中央《关于地主、富农分子摘帽问题和地、富子女成分问题的决定》，对地富反坏"四类分子"进行评审摘帽工作）。即使农务再忙，只要我借口学习，父亲一般不会勉强我干农活。

哥哥做过稍多的农活，但与同龄人相比也是少的。邻居家有个孩子已经念到中学了，成绩挺好，他爸爸说公社有个生活不错，一天能挣5个工分，回来吧，于是他就回家挣"小人工分"。每个壮劳力出勤一天挣10个工分，合计4毛钱，为了每天挣一毛、两毛钱，他辍学了。后来，他看到同班同学有考上大学的，对自己的爸爸充满了抱怨。父亲再苦再难，也不会让孩子辍学，他坚信读书改变命运。

旧社会的地主老财如何剥削农民，贫下中农怎样积极缴公粮，生产队的粪肥如何尽量堆成规则的几何体以便计算体积，生活中处处有数学，哥哥算得又快又准，但父亲从不表扬，老说他天资一般。我上学后获得的"三好学生"奖状,从来不被允许张贴在墙壁上。在父亲看来,读书是一笔风险投资,来不得半点骄傲自满。父亲的规训,犹如高高在上的"超我",时刻监视着内心的"本我",我参加工作后即使有了成绩,也不敢与父母分享,怕他们批评我骄傲。

1984年,最值得庆贺的事件是哥哥考上温州卫生学校,当年的初中中专,毕业包分配,是"农转非"的铁饭碗,实惠程度不亚于上大学。其次,我考上楚门中学,这是吾乡最好的初中。长年受肝病困扰的父亲,重新哼唱起了轻快的歌谣。

哥哥跳出农门后,父亲松了一口气,眼前只剩下一座大山,那就是我的前程。农村人一般认为如果孩子尚未成家,做父母的责任就没有彻底完成,但父亲把培养孩子上大学视为责任的终点。我考上厦门大学后,父亲收拾起锄头、板车、喷雾器,从此不再种田。

我们的家风素有重视教育的传统,大姑妈、二伯父、父亲只要愿意上学,爷爷奶奶砸锅卖铁都会支持。父亲经历特殊,培养孩子的眼光比一般人看得远,对生活有自己的理解,在朝东屋算是特立独行的人。阶级斗争的逻辑是"抓革命、促生产",打击少数人,团结大多数。特立独行者容易被当成异类,

第九章　重建之路

1971年大队针对父亲的批斗，部分原因，正在于此。

类似的批斗场面，我在伤痕文学和影视作品中看过不少。彼此伤害的故事里没有赢家，这是时代和人性的悲剧。1980年2月，中共中央为刘少奇平反，父亲从报上获知消息，唏嘘不已。在这批判斗争的世界里，每个人都要学习保护自己，连国家领导人的尊严都无法保障，更遑论父亲这样的普通人。当我能够这样想，我与历史握手言和。

2 苦闷与生计

与妻子的争吵，沉重的家庭负担，孩子未卜的前程，不可改变的个人命运，无不让人苦闷。除了老沈爷，村庄中能与父亲交流的人，屈指可数。

很多农民有喝酒的习惯，有的甚至每天把自己灌醉。小醉怡情，但动辄烂醉的人，一定是在逃避生活中某些沉重的部分。

父亲不喝酒，不抽烟，不打牌，不拜保界庙里的神祇，在1996年爷爷去世前也不念佛。他如何面对生活中必然存在的苦闷、痛苦和压力，莫非只凭咬紧牙关？或许就像他所说所为的那样，减少跟外界接触，避免与人冲突，尽量让生活简单。

父亲的消遣方式似乎只有读书看报和埋头工作。他专心于读书、剪纸之类可以独立完成的事情,因为无须与人打交道。

这曾经是我厌恶的性格特征,但一个人选择自得其乐的生活方式,以此远离伤害,难道不可理解吗?

2014年,与二伯的宅基地纠纷发生后,母亲再次抱怨起父亲的保守、逃避和软弱。

我说:"父亲的天性就不是强人,更不是长袖善舞的活动家,这么多年了,我们要接受这一点。"

"但也不能软弱啊,一辈子被人瞧不起。"母亲说。

"保守和怯懦,当然不是美德,但父亲不抽烟、不喝酒、不赌博,不在外面乱搞,所有钱都交给你保管和支配,这样的男人朝东屋有几个?"我问。

"那倒也是,你父亲是老实人。多少在外头牛哄哄的男人,未必有你父亲能够挣钱养家。"母亲说。

我说:"对!有优点,也有缺点,这才是普通人。毛主席这样的伟人,功过都是'三七开',何况我们普通人。不能用完美的标准要求父亲,伟人'三七开',我们普通人'五五开',功过打个平手,就过关了。"

乡亲之间相互借钱是常态,读书、生病、婚丧嫁娶,谁家都有短缺的时候。我家不算富裕,在朝东屋属于中等偏上水平。

检验真理的标准,就是我从小学到中学,父母从没为学费向人借过钱。

这份底气来自父母的手艺——剪纸。上世纪70年代的玉环县工艺美术厂以制作剪纸工艺品作为外销产品赚取外汇,大舅舅和小舅舅是这家集体所有制企业的美术设计人员。因为这一层关系,父亲从厂里领来剪纸的手工活。

1980年前后,泥水匠的每日工钱是2元,给建筑工地拉石头的壮劳力只能挣1.5元。父亲有文化,技艺好,对中国古代四大美女、孙悟空三打白骨精、敦煌飞天等艺术题材有理解力,又有少年时期抄录棋谱时的耐心细致,每天能挣4元钱。母亲不识字,眼中没有艺术细节,做事风风火火,技艺相对粗糙,每天只挣2元。两人合作,一天挣6元,收入相当可观。钧林叔曾经告诉我,他家有3支盐田(我家只有四分之一支),每年晒盐收入最多2000元,而父母凭借剪纸手艺就能赚到同等收入,无怪乎钧林叔晚年对我说:"我挣的是苦力钱,你父亲有文化,挣轻快钱。"

剪纸不像晒盐那般风吹日晒,但整日坐在桌子前低头作业也不容易,父母老是抱怨腰酸背疼。孩子不知腰酸滋味,有样学样,跟着说"腰酸"。然后,母亲正色曰:"小孩子是没有

第九章　重建之路

腰的。"

村庄里有人跟着我家搞剪纸,父亲作为玉环工艺美术厂与村庄加工点之间的联系人,每隔一段时间,就往县城跑,领货、送货、再领货、再送货……联络人有一点额外的补贴,父亲很负责任,深恐产品质量不过关,无法向工厂交差,批评邻居做事潦草,说话没轻没重,以致母亲经常出面打圆场。

1987年后,小舅舅离开工艺美术厂,开始独立办厂做荣誉证书,我们又为小舅舅做代理加工。父亲为人忠诚厚道,小舅舅放心地把工作和盘托出交付父亲打理,当然这也是小舅舅对我家的特意照顾。父亲擅长做具体的手工活,他似乎从来就没有尝试过跑供销、生意谈判之类的需要与人应酬的工作。

人与人之间的帮忙,本质上是互相帮忙。母亲说,1988年我们替小舅舅做荣誉证书,一年挣了8000元左右,我念高三和复习班主要就凭那几年的积蓄,小舅舅则因为荣誉证书生意而"先富"起来了。

父亲本来勤劳,只要不是种地,只要不用求人,他守本分,能吃苦,肯负责。在他看来,舅舅的生意就是自家的事业。

我念过高一年级,从《政治经济学》教材中知道了一点马克思"剩余价值"学说,经常说怪话,说舅舅是资本家,剥削我们劳动的剩余价值。惹得舅舅生气,父亲尴尬。父亲抱怨我观点偏激,但也并不十分严厉地训斥我。

现在想来,我的言行幼稚而荒唐,假如没有小舅舅的"剥削",我们家不可能相对宽裕。后来因为小舅妈反对,我们不再加工荣誉证书,顿时断了生计。1990年,父亲到诸暨批发廉价的尼龙袜子,在楚门、清港街头摆地摊,一年到头也挣不到1000元。

2003年"非典"期间,小舅舅病逝。我欠他一个道歉,小舅舅在80年代的提携和帮助,是我家最重要的经济来源。金钱是生活和尊严的基本保障,农村家庭的苦难,十之八九,源于贫困。

我上小学一年级,每学期学费和书本练习簿费共1.5元。有的孩子在开学之初缴5毛钱,期中考后再缴5毛,待学期结束,才足额缴完。个别家庭终于付不起,学校大手一挥,免除学杂费。学校的"恩例"是插在家长和孩子心头的尖刀,许多孩子因为贫困和自尊,很快就辍学了。但我从未拖欠过一分钱学费。

儿时,我认为钧林叔力气比父亲大,在朝东屋比父亲有威信,是顶天立地的男子汉。殊不知父亲读书识字,书法也好,有判断力,有审美能力,赚钱机会远多于村庄里大多数纯粹卖苦力的人。一个有文化的父亲,犹如穿越迷雾的一盏明灯,非但挣钱养家,更能指导孩子寻找更好的生活方式——这是2024年春节父亲病重住院期间,钧林叔前来探望父亲时说的话。钧林叔曾经是母亲用来贬低父亲能力的参照系之一,殊不知钧林叔本人却长期羡慕父亲。

3　叛逆少年

曾几何时，母亲无视父亲的优点，放大他的缺点，这加深了我对父亲的偏见。偏见是一把双刃剑，一面刀刃伤害着父亲，另一面刀刃向着自己。

哥哥的自我意识更早觉醒，进入青春期后，像个焖熟的孩子，迫不及待地想要成为独当一面的男人。他开始逃学，毕竟学生身份是孩子未长大的标签。

挑水是男人自立的标志。哥哥在河边挑水，一路跟跟跄跄，倒入家门口的水缸里。从挑半桶水开始，再到挑满桶，耸着肩膀，晃晃荡荡，到家时，满桶水只剩下半桶。

哥哥将刚晒好的盐，一担担地从盐田挑到廒仓。重担之下，

第九章　重建之路

脸部扭曲变形，我不同情，反而感觉欣慰，我家终于有了第二个能挣钱的男人了。

哥哥逃学，固然可以减轻家庭负担，但意味着他将当一辈子的农民。父亲勃然大怒，将他扭送回学校。重返学校后，哥哥一夜长大，刻苦学习，考上温州卫生学校，跳出农门。

哥哥冒充有力量的男人，我幻想成为有力量的男人。哥哥到温州上学后，我到楚门念初中，开始住校，双休日才回家。

父亲在家习惯沉默，而我在学校里像出笼的小鸟，叽叽喳喳，说个没完，老师同学们都认为我将来可以成为一个成功的营销人员，或者是雄辩的律师。

父亲与人温和，而我喜欢以言语挑衅比我弱小的同学，以各种花式语言调侃同学，就像母亲揶揄父亲一样。

父亲循规蹈矩，而我挑战学校里的各种规章制度，游走于闯祸与不闯祸之间。

父亲叮嘱我学好数理化，将来吃一碗稳当的技术饭。而我偏偏喜欢历史和政治，尽管我知道政治课本一年一个样，不像数理化那么严肃而稳定。

父亲不抽烟，我就抽烟，父亲不打牌，我就打牌。总之，他这样，我就那样，他往东，我就往西。我以努力成为父亲反面的样子,宣示自己的"成年式"。

而双休日,从学校回到家里,我又变回乖小孩,像父亲一样沉默,任凭别人怎么说,既不辩护,更不顶嘴。

初一年级,父亲偶尔会到学校来看望我,这让我感觉紧张,倒不是怕他来骂我,而是担心同学们看到一个衣着并不光鲜的农民,让我没有面子。我的虚荣心很早就有,在杨府庙念小学,天降大雨,也不愿意父亲来学校送雨伞。正如父亲所说,我们读书就是为了不当农民,不是吗?

对农民身份的不接纳,合情合理,容易克服。但对父亲的虚荣,代表着对父亲的否定,我在成长过程中遭遇的许多困难,大多源于内心中父亲形象的虚弱。

父亲一定知道我的想法,一定也为此伤心,但从不说破。他果然再也不来学校,以实际行动成全我的虚荣。三年初中,三年高中,一直如此。只在中考的最后一天,当我考完最后一门功课,父亲悄悄来过考场,因为他实在放心不下。

不再为舅舅加工荣誉证书以后,父亲在楚门、清港摆地摊卖袜子,早出晚归,我不能体谅他的辛苦,反而抱怨他不像别人的爸爸一样办工厂、做老板。1990年,我首次高考失利,有的同学可以走关系获得代培资格上大学,父亲得知县城建局有

第九章　重建之路

个定向代培的大学招生名额，这是某领导为他儿子量身定制的"萝卜坑"，父亲偷偷跑到县城托关系求人，结果自然讨个没趣。万事不求人的父亲，为我的前程，放下了尊严，我不能体谅他的勇气，反而抱怨他不像别人的爸爸一样有背景、有能力。

2001年，我看过侯孝贤自传性质的电影《童年往事》，主人公阿孝咕是个在外头豪放不羁而在家沉默寡言的叛逆少年。在影片中，为肺病折磨得心力交瘁的父亲，忍无可忍，狠狠甩了儿子一巴掌。老实说，我从未看过如此令人感动的电影。我一定让父亲感受过同等程度的无奈和愤怒，但他不曾骂我打我。

我做过一个悲伤的梦：在一个压抑而逼仄的空间里，我被一群人踩在脚下，任人羞辱，而我的孩子竟然冷眼旁观，并不施以援手，冷冰冰地说，"活该你被人欺负，因为你懦弱无能"。当我挣扎着从梦中惊醒，满脸是泪，回味着梦境中的悲伤和绝望。是的，这种情绪恐怕非常接近于父亲当年的感受，我的疏离和敌意是插向父亲心口的尖刀，但他从未向我表达过不满。

也许在每个人的成长过程中，都存在虚荣和叛逆的阶段，当成年尤其是在做父亲以后，才会逐渐理解父母。"保守、懦弱、无能"，是我贴在父亲身上的标签，但父亲有权利决定自己的生活方式和生活态度。父亲是普通人，有普通人的懦弱，也有普通人的坚韧，他是自食其力的农民，他是赚钱养家的家长。朝东屋有动手打老婆的丈夫，他不是；有不管子女的父亲，他不是；有酗酒赌博的懒汉，他不是；有寻花问柳抛妻弃子的男人，他不是。

我应该如何看待父亲？父亲本是清高的学生，不幸而为农民，不愿意也不擅长处理复杂的人际关系，如果独善其身，大可以继续标榜清高。历经生活磨炼，先为人夫，继为人父，为了孩子，为了家庭，男人必须放下身段，担负起持家养家的责任。梁启超《新民说》云："妇人弱也，而为母则强。"女人如此，男人亦当如此。作为一家之主，父亲忍辱负重，四处摆地摊，为了孩子的前程，父亲放下清高，屈尊求人。我有这种勇气吗？换成我，我能比他做得更好吗？

4 父 爱

读书没能改变父亲的命运,但他坚信读书可以让孩子跳出农门,做自己想做的事。

因为有父亲的"失败"先例,母亲一方面宣扬读书无用,另一方面又逼迫我读书。母亲经常说,如果考不上大学,手不能提,肩不能扛,像你父亲一样,怎么办?母亲把父亲当成反面教材,言传身教,反复渲染,不由得你不信,考不上大学等于死路一条。

母亲不认为"拉一个,踩一个"的教育法有什么问题,好比他们说"没有知识分子的参与,中国革命不可能成功",但他们又说"知识越多越反动",简直让人无所适从。

至于具体的学习，母亲除了唠叨，别无办法。父亲偶尔会辅导我功课，从外面回来，会给我买小人书，我喜欢极了。直到有一天，母亲说，孩子要读有用的书，小人书读它作甚？从此父亲再不给我买闲书。这件事可能发生在1981年。

我从小能读《三国》《水浒》《封神榜》，并乐于向小朋友炫耀。父亲既为我骄傲，也担心我沉溺于此。他没收了我的闲书，说，这种书对孩子不好。好长一段时间，我都无法原谅他。但在做了父亲以后，我部分能够认同他的看法，因为确实很少有适合儿童阅读的中国传统读物，至少我不向孩子推荐《封神榜》。

念中学后，父亲再也辅导不了我的功课，偶尔也学母亲的腔调，翻来覆去，就两句说教：一是考上大学，跳出农门；二是谨慎交友，万勿学坏。除此，没有别的温暖的贴己话。

父亲的道理，我多数不服气。他说有个学生早恋，学坏了；有个孩子从家里偷钱，学坏了；有个学生交友不慎，学坏了。总之，这会学坏，那也会学坏。上世纪80年代中后期，夜间的楚门老街不再一片漆黑，酒店、理发店开始亮起霓虹灯，校园里流行的琼瑶言情小说，与街上的霓虹灯一样使人迷乱。

在我17岁那年，他终于不再说教，说："你长大了，有资格领身份证了，犯了罪，该枪毙的枪毙，我也没办法。"做父亲的这样说话，让我深受震撼。

住校期间，米是自家带的。父亲每周给我固定的钱，一分不多，一分不少。1988年通货膨胀后，还是那点钱。他说，这是为了不让你学坏。我后来果然没有学得太坏，这是可以宽慰父亲的。但他不知道，我参加工作的最初几年，有点小钱后，大手大脚。一个月工资，几天花光，然后跑到乡下躲起来。这是他的"教育法"始料未及的后果。

1991年，我在高考复读班复读一年后，终于考上大学。那是我头一次出远门，到厦门大学报到。父亲高兴地询问，要不要送我去厦门？我说，不要，你也没去过那么远的地方。

父亲并不坚持，只送我到家乡的长钓嘴码头。一路上，帮我挑着硕大的人造革箱子，里头塞着棉被。他反复叮咛要注意安全，我说知道了。

他陪我走进嘈杂的轮船，向每一个陌生的旅客赔笑脸，说，"这是我孩子，第一次出门，请多照顾"。我嫌他啰唆。

父亲走出轮船，不料，十几分钟后，又再次返回，塞给我一包那年头特有的蛋糕，说，你留着路上吃。

我目送父亲离开。轮船终于开了，船舱里反复播放着港产的警匪片、武打片，轮船驶向一个陌生的地方，驶向充满希望而又不确定的明天。

1995年，我大学毕业，不再深造念书。父亲没有意见，说，"工作也好，你自己做决定就好。你领工资了，我不会再给你钱，当然，我也不要你的钱"。

我们说到做到。我倒没有觉得这有什么不好，只是认为有点生分。

偶尔父亲在老家吹牛，说我的小儿子在杭州很厉害。我很不高兴，说，"你从小教育我戒骄戒躁，现在也请你不要吹牛"。

父亲仍然故我，向一起念经的朋友们炫耀自己的儿子和孙子如何有出息。对老人而言，子孙们能够自食其力，足以宽怀。我有一次回家，一个不认识的中年人说他知道我是一名考古学家，在报纸和手机上读过我的新闻，显然这也是父亲到处宣传的结果。父亲晚年或许以我为荣，但他从未当面表达过这一层意思。

日子一天天过去，父亲渐渐老了。我每年回家，他照例话不多。其实他乐意与我讲过去的事情，比如50年代在温岭中学的生活，这曾经是他难以面对的挫折，如今是可以坦然接受的命运。

第九章　重建之路

有时候,他独自在楼上,专心修族谱,这种工作没有报酬,却很麻烦。他免不了发牢骚,抱怨过后,接着修谱。有的乡亲在"文化大革命"中整过他,他说:"都过去了,人确实很可恶,但自古以来的族谱,里头就不该有坏人。"

2012年春节,我住在老家,翻箱倒柜,本想寻找我中学时读过的杂志、课本是否还在。结果,意外发现了一个小本子——1991年周历。

本子已经泛黄,里头有一篇父亲的日记,写于1991年9月3日,是我当年第一次离家远赴厦门的几天后。日记是这么写的:

"8月31日,加利去厦门上学。这是他第一次出门,我送他去长钓嘴码头,他不愿意我们送,我也没办法。不知道他能不能安全到达,实在不放心。晚上睡不着,他会不会丢了行李?会不会走丢?实在不放心,整夜睡不着。直到今天,加利从厦门发回电报,报平安,才算安心。"

那一夜,我独自翻阅着泛黄的本子,泪流满面。

这是父亲多年前的日记,他从未提及。幸亏父亲会写字,那些深藏于内心的挂念和爱意,终于被我发现——他为供我念书到处摆地摊,为我争取代培名额而低声下气地求人。也许他没能给我最好的物质条件和学习条件,但他尽力了。中国式父母很少直接向子女表达爱意,在1991年的周历书中,父亲记录了码头送别以及接下来几天的心理活动。我确凿无疑地相信,父亲是爱我的,也许他不是最有能力的男人,但他无条件地爱我,无论我成功失败、混好混坏,他都爱我。

2024年5月,在父亲去世后的"头七"日,母亲告诉我:当年我游学厦门期间,只要没钱了,就提笔给父亲写信。父亲每次收到厦门来信,连午饭都不吃,就出门到邮电局给我汇款。

第十章 ◇ 我的母亲

1 从少女到妻子

该说说我的母亲了,朋友们可能会认为她是个情绪化的女性,女人的情绪是一家之暴君,左右着家庭的氛围。

1945年,母亲出生于龙溪乡山外张村,上面有两个姐姐,三个哥哥,下头有个弟弟。说起来,母亲是山外张韩氏的"大家闺秀"。解放后,外公去了台湾,亲戚中有逃亡的,也有被镇压者。当此家庭巨变,母亲只是五六岁的孩子。此后,她和外婆以及五六个兄弟姐妹,在山村里过着谨小慎微的生活。

大姨妈初中毕业后,在乡下小学代课教过书,受累于"下海投敌"的父亲遭辞退。1953年到坎门照顾孀居的姑妈韩月仙,与驻守坎门边防的解放军战士相爱,稍后嫁到了杭州。

第十章　我的母亲

大舅舅、二舅舅也都念到初中毕业。上世纪50年代，大舅舅在桐岭（今玉环沙门镇）小学教书，俨然是挣钱养家的顶梁柱。每当从学校回家，外婆会煮一锅好吃的给他滋补。女孩子上不了桌，只在一边看着。多年以后，母亲想起这种差别性对待，依然意难平。大舅舅擅长画画，在苏联画报上发表过作品，因此到温岭文化馆做美术创作干部。"文化大革命"期间，遣返回乡接受贫下中农再教育。改革开放后，落实政策，又回原单位上班，直至退休。二舅舅为人精明，是跑供销、做生意的好手，80年代统战部门对台属家庭有诸多优惠政策，他削尖脑袋为子女争取高考照顾加分，像这样的门路我父亲不可能想到。三舅舅，大家都认为他是"神经病"，无妻无子，孤苦伶仃。

小舅舅和母亲同在龙岩小学读过两三年书。小学由庙宇改建而成，共两个年级，只有一间教室。第一堂课，上小学一年级课文，一年级学生面对黑板，二年级学生背向黑板自习。第二堂课，上二年级课文，轮到一年级的孩子背向黑板。两人辍学后，小舅舅有自学的习惯，后来能够读书读报，且写得一手好字。母亲不练习，在庙里所学的字眼全奉还给了老师，连写自家名字也涂涂改改。但她语言能力强，说理状物，就近取譬，三言两语，把道理讲得晓畅明白，将故事讲到飞起。她从不读书读报,可见语言能力确有天赋。

田地里的重活,由四个舅舅顶着。辍学后,母亲在家帮着捡柴火、打猪草。

那年头,几乎家家户户养猪,人吃不饱,猪也吃不饱。拎着篮子打猪草,是乡间女孩常见的工作。河里的水生植物水葫芦是外来物种,繁殖特别快,十天半个月就把水面挤满,消耗水底的氧气,致使鱼虾灭绝,好在水葫芦可充肉猪的饲料,算是将功补过。河边还常见一种半水生的野草,生命力极顽强,号称"革命草",但割起来并不费力。水葫芦、革命草、烂菜叶及各种猪草,切碎后,一锅儿煮起来喂猪。

猪,是农家的储钱罐。养猪,好比把平时的散钱攒到年底,变成一笔稍大的钱。年前杀年猪,从把猪从猪圈里赶出来那一刻开始,就是一出好戏。多数时候,屠夫可以在猪圈里把猪降服,但总会有个别骁勇的猪突破防线,冲向田野。然后你会看到人们追赶着猪跑,直到猪跑累了,被人捕获,捆好,置于长条凳上。然后屠夫登场,高明的屠夫一刀直接割断颈动脉,鲜血像喷泉一般涌出,流进大盆里。放完血,屠夫用一个大木塞把刀口堵住,开始新一轮的表演。只见他在猪的后腿上割一个小口,将一根钢筋从小口捅入猪的体内,上下左右,把全身捅个遍。确信猪已断气,然后用嘴衔住后腿,往里吹气。只见猪的肚皮和身体,渐渐地,像气球一样鼓起来。这时候,屠夫热水快刀,开始在紧绷如鼓面的猪身上刮毛,直到刮成白白净净的书生模样,然后开膛剖肚。乡村杀猪的热闹喜庆,见识过的人永生难忘。城里人可能认为这种做法太过残忍,但乡下人并不这么看问题,人有人的命,畜生有畜生的命,人生劳劳碌碌,畜生好吃懒做,莫非一辈子好吃好喝地供养它享福不成?

除了打猪草,砍柴火,母亲会绣花,打毛衣,帮着做家务。母亲做事风风火火,优点是效率高,缺点是不精致。

偶尔,母亲还要搀扶缠小脚的外婆到公社做早晚汇报,一身正气的民兵干部,拳头砸得桌子砰砰响,母亲陪着外婆汇报,陪着听民兵训话。有一次,民兵不知从哪里得到消息,说外公偷渡回来了,荷枪实弹,把外婆家包围起来,一家人提心吊胆,彻夜无眠。

也许所有的女子,本来都是温柔、善良、多情的姑娘,母亲并未受到命运的特殊眷顾,在青少年时期,一点点丢失少女的天真,成长为务实而又缺乏安全感的女人。

1966年前后,母亲已过婚嫁年龄,由于家庭成分欠佳,找不到对象,曾经说媒给楚门老街东门的地主家庭,未果,只好继续待字闺中。无独有偶,与山外张一山之隔的外塘公社胡新大队,28岁的父亲也在打光棍。此前,父亲曾与沙蟹屋村的一名女子定亲,遭遇退亲,一度让父亲深受打击。

朝东屋的兆根娘,是远近闻名的"望花娘",这时正在山外张给人"望花缸"。"望花缸"是旧时代一种扶乩治病的迷信活动,诡称仙姑附身的中老年妇女,根据病人的生辰八字,向阴间寻找病人的替身之花,并以该花的根茎叶花之形状,对症下药,给人治病。

妇女从事的另一种常见巫术是"讲灵姑"。灵姑是声称可以通灵的巫婆,利用亲人对死者的思念之情,在某个时辰召唤亡魂附身,与死者亲属进行对话。灵姑在做法之前,通常会提前做功课,打听死者的忌日、生前的性格和职业,以及丧家的情感诉求。讲灵姑虽属迷信,却也能给死者家属带来情感的慰藉。据说,有极灵验的灵姑,模拟逝者说话的腔调,惟妙惟肖,抱怨晚上睡觉太冷,第二天,亲人检视死者墓地,果然在坟头发现了一个受寒风的洞穴。

望花娘和灵姑的从业者,多为中老年妇女,居家是家庭主妇,出门以搞迷信活动补贴家用,她们走村串巷,消息灵通,知道东家有个光棍,西家有个待嫁的少女,从中做媒,是常有之事。

第十章 我的母亲

传统乡村,男方相中女方,也要请媒婆前往正式提亲求婚,媒婆往返于男女方之间,牵线搭桥,互相打听对方底细。女方一般不会轻信媒婆的花言巧语,委托亲朋好友到男方家探看究竟,主要考察家底厚不厚,打开谷柜检查粮食满不满,到柴房检查柴火多不多。男女双方均无异议,正式订亲,男方送聘礼到女方,确定结婚的大喜之日,吾乡称为"定头"。

同为天涯沦落人,相逢何必曾相识。一个光棍,一个恨嫁的女人,均无挑三拣四的资本,在望花娘的穿针引线之下,爷爷奶奶给父亲凑了120元钱送到山外张当"定头"的礼金,付给望花娘两件衣料、一条裤料作为说媒的报酬。

1966年,父母成婚。母亲的嫁妆里有一张床、一个粪桶、一副水桶、一张桌子、若干小凳、脸盆、脚盆。礼仪能省则省,可免则免,连一张结婚照也没有。婚房设在老屋西梢间的楼下,至于菜橱、囡床,是后来陆续添加的家具。无论什么年代,一个新家庭的诞生,至少需要一间房、一口灶、一张床。物质基础的背后,意味着一个独立的经济和生活的空间。

婚姻是男女之间签订的对赌协议,两个原本生活在平行世界里的毫无联系的陌生人,在未来的日子里,将要朝夕面对,生儿育女,携手走过一生。这是多么残酷而又神奇的缘分啊。

2 女人的生计

父亲在生产队挣钱的门路不多,爷爷奶奶凑的120元定亲钱,是小姑妈多年为花边厂绣花攒下来的。现在,奶奶更加嫌弃婚后的父亲,家里凭空多出一张吃饭的嘴巴,整天没有好脸色。经济上无法自立的男人,连同妻子也跟着忍气吞声。

天下的婆媳关系,大同小异。奶奶提防母亲偷米回娘家,更要防着她偷钱。吾乡方言中有"偷娘家"的说法,意思是从夫家偷偷搬些东西回娘家。母亲实在没东西可搬,依然免不了被奶奶冤枉。其实,婚后头几年,父亲不名一文,反而是母亲常从娘家拿些番薯丝来接济夫家。一般来讲,生过孩子后,媳妇的生活重心才会逐渐落到夫家,想方设法从娘家谋取一点资

第十章 我的母亲

源过来。

奶奶看不起母亲没有像样的嫁妆，母亲看到别家女人的嫁妆中竟然有绢帐，心中难免失落——拥有一顶属于自己的绢蚊帐，是母亲多年的执念。她为此而养蚕，不向茧站卖蚕茧，而是一年年地攒蚕丝，只为做一顶绢帐。五六年后，蚕丝攒够，做成绢帐，却又舍不得用，大夏天的床上依然挂着粗厚闷热的苎麻布帐。稍后，价廉物美的尼龙蚊帐大行其道，这顶绢帐终于没有派上用场。努力拥有一顶无用的绢帐，纯粹为争一口气，母亲个性之强，可见一斑。

1970年，舅舅介绍父母给玉环县工艺美术厂做剪纸工艺品后，经济状况始有改善，我家陆续添置起菜橱等新家具。菜橱里虽无山珍海味，但外表髹以红漆，每扇门上绘有一幅"西湖十景"：断桥残雪、平湖秋月、曲院风荷、三潭印月……长大后到杭州西湖逛逛，是我儿时面对菜橱种下的一颗理想的种子。

家庭妇女一般不称呼名字，只唤作某某人妻，如果她家儿子足够有出息，也可以唤为某某人娘。在这崇尚男耕女织的国度，"男主外，女主内"是源远流长的性别分工，男人主要忙外面的田地活，也参与一切出卖体力换钱的生活，例如拉石头、卖私盐。至于家务，做饭、洗衣、育儿、洒扫庭除、节庆祭祀，一律交付女性。传统价值认可男人的事业在小家之外,非但不以不做家务为耻,反而以为饭来张口是一种男子气概。生活在这样的文化里,男人们也都乐得做甩手掌柜。

家务指望不上男人,孩子倒是可以帮忙打下手。供销合作社是农村主要的商品流通渠道,销售日用的小件必需品,用来改善生活的大件商品,则需要到楚门街上赶集时购买。外塘供销社离我家不远,我从小就帮着给母亲打酱油。

供销社出售柴米油盐、锅碗瓢盆等物,令人惊奇的是,即便在上世纪六七十年代,乡村生活中也离不开"洋货":古巴砂糖、伊拉克蜜枣。

古巴砂糖,黄蒙蒙的,夹杂一些白色晶体,咬在嘴里嚓嚓响,搅拌在米饭中,甘之如饴。前些天,同事的小孩向我夸耀,昨天又吃麦当劳和哈根达斯冰激凌了,我说,"伯伯也是吃洋货长大的,古巴的东西,现在有钱都买不到呢"。伊拉克蜜枣是奢侈品,红枣只在过节时才上桌,当成滋补品。偶尔吃一回红枣,大人却在一旁叹气,说某某人家可在吃伊拉克蜜枣呢。我疑心这必定是人间珍馐,赛过王母娘娘御用的蟠桃,哭着闹着要去伊拉克。大人说,去不得,去不得,伊拉克比温州还远呢,走起路来,定要三天三夜。这么远啊,我被吓住了,出国的念头,只好打消。

除去"主中馈"的诸般事务,家庭妇女还有诸多劳作,常见者如摘棉花、纺纱、织布、养鸡、打毛衣、绣花。

棉花地在海塘下,盛夏是采摘棉花的时节,女人和孩子们摘来棉花,经过晾晒、挑选,用机器轧花,使棉絮与棉籽分离。然后,请人用弹弓弹花,使其蓬松。经过搓棉,就可以纺线了。

女人坐在纺车前,右手转动纺轮,带动线锭子转动,左手捏着棉条接向线锭子上的线头,棉条随着线锭子的快速转动加捻成线,缠绕在线锭子上。左手顺势向后拉,纺出的棉线越来越长,线锭子越来越粗壮。

织布是上一辈妇女的技能,我母亲这代人多半不会。奶奶坐在织布机前,右手投梭打纬,穿过经线,将梭子交给左手,再以右手拉动扣子,啪的一声,拉动纬线,同时脚踩踏板一次。然后,左手将梭子穿越经线交回给右手,左手拉动扣子,啪的一声,再拉一下纬线。梭子来来回回,经线纬线,一纵一横,一上一下,啪嗒啪嗒声中,棉布逐渐变长,成为土布匹段。

从街上买来靛青,煮成染料,将土布染成蓝白花布,就可以剪裁做衣服了。寒冬季节,不通电的乡村,只有煤油灯,无法取暖,女子在纺纱车和织布机前,昼夜操劳,其艰辛可知。

母亲不擅长纺纱、织布,倒是会打毛衣。为丈夫、自己或小孩织一件毛衣,与其说成生计,不如说是农村妇女的娱乐项目。

楚门老街上的国营布店,店中央竖起一段高高的柜台,犹如戒备森严的城墙,将店员与顾客隔开。店员在城内工作,头顶连接着一道道绳索,犹如通往城市不同角落的铁轨。店员飞快地扯好布头,将票据和钞票装进头顶上方的小布袋里,袋上夹着夹子,嗖的一声,布袋沿着铁轨飞向了它该去的地方。管钱的店员接过布袋,收钱、找零,又嗖的一声将夹子传回。每条铁轨上都有夹子来回,城墙外站立的顾客,忍不住多看几眼头顶的"车水马龙"。

布店也卖毛线。毛线团的颜色,以青、灰、黑为主,后来也有米黄色的,这是母亲喜欢的颜色。毛线团上挂着小标签,注明线团的成分,以腈纶为主,这是一种人造毛线,脱衣服时会产生静电,黑夜中的毛衣,噼里啪啦作响,甚至会冒火花。还有一种材质叫开司米,也许比腈纶的品质好一点吧,我不确定。毛线团并不经常新买,给自己打的毛衣款式旧了,给孩子的毛衣变小了,可以拆开了重新编织。每个孩子身上的毛衣,都是母亲织了又拆、拆了又织的作品。

第十章 我的母亲

在冬日的墙角，女人们一边晒太阳，一边打毛衣，线团在脚下的篮子里翻滚，她们互相比画，比谁的速度快，谁的针脚匀。不比赛的时候，就聊各种八卦，说到开心之事，推推搡搡，笑得像篮子里翻滚的线团，说到隔壁村有个女子跳河寻了短见，则泪光盈盈。笑笑哭哭，哭哭笑笑，像极了人生的况味。

母亲的手工技艺一般，只会平针等几种有限的技法，玩不出复杂的花样。我的邻居妈妈，针法多变，能在孩子的毛衣胸前编织出向日葵，更能织出"毛主席万岁"的汉字，神乎其技矣。

3　家庭主妇

打毛衣不能挣钱,织布也是,土布是自用的,并不到市场上买卖。家庭主妇可以挣钱的生计主要有养鸡和绣花。

家家户户都养鸡。每家养三五只,至多七八只,再多就成了必须割除的资本主义尾巴。

从经济的角度看,公鸡与母鸡是完全不同的两种动物,公鸡吃得多,闹得凶,却不生蛋,母鸡反之。传统社会重男轻女,独于养鸡是个例外。

当养鸡时节来到,购买小鸡总是伤脑筋。幼鸡没有明显的"第二性征",安能辨我雌雄?挑选小鸡要带上内行的"生理学家"当参谋,生怕买来的只是光打鸣、不生蛋的赔钱货公鸡。

第十章 我的母亲

公鸡有一二只就够了,毕竟有赖它繁衍后代,毕竟公鸡报晓权当村庄里的半只闹钟。

养鸡并不麻烦。清早,把鸡笼提出去,晚上,再将鸡笼提回屋。白天,鸡群在外面随处觅食,随地便溺,晚上准时回笼。只是家家户户散放出笼,小鸡长得都差不多,容易混淆。于是,张三把小鸡涂成红色,李四将小鸡染上蓝色——花花绿绿的小鸡,追逐嬉戏,像画家笔下的水彩画。

在春暖花开之际,母鸡产下第一颗蛋,伏天歇息,至秋天又开始下蛋,入冬又歇息。一年产蛋期4个月,高峰在秋天,每只母鸡年产蛋约四五十枚,总计五六斤,每斤鸡蛋卖五六毛钱。理论上,小家庭可以拥有七八只同时下蛋的母鸡,他们的日常开支全指望着母鸡。生蛋的母鸡,是绝不可能斩杀的。过年过节,改善伙食,只向公鸡和生不出蛋的老母鸡开刀。家庭主妇开门第一件事,就是在鸡屁股上抠一抠,估算今日的鸡蛋产量,然后按市价折合成人民币。小孩子在一旁留意母亲的表情,见到母亲心情好,等卖冰棍的贩子背着木箱子啪嗒啪嗒地过来,便不失时机缠着母亲买冰棍。

为集体所有制企业楚门花边厂做绣花活,即刺绣,也有一笔收入。外塘人民公社的绣花辅导员,名叫吴春连,个子不高,家住盐务所的对面,她从花边厂领来刺绣任务,指导并组织妇女们集体绣花。在长长的绣花棚前,妇女们坐在条凳上一字排开,埋头工作,孩子们在绣棚、绣架下钻来钻去。刺绣题材多为大众喜闻乐见的花鸟,上一点难度的话,才是才子佳人。我没有能力描述飞针走线的刺绣技法,但至今记得绣花女七嘴八舌的聊天——城里人太不像话,大包头、喇叭裤,还有假领子,女青年穿着"的确良"衬衣出门,内衣都露出来了,真不要脸。她们的道德感如此强烈,俨然是五千年历史的文明担当,但说起昨晚的床笫之欢,却又嘻嘻哈哈。

曾几何时,乡村文化生活极度贫乏,看来看去只有几本革命样板戏。1978年,越剧电影《红楼梦》《梁山伯与祝英台》重映,轰动一时,楚门电影院和乡下的露天电影昼夜不停地放映,就一两个拷贝在不同的村庄之间来回跑片,妇女们连续看七八遍都不过瘾,贾宝玉和林黛玉、梁山伯与祝英台的爱情故事,令人如痴如醉。

传统社会的婚姻,讲究门当户对、传宗接代,"爱情"的概念并非必需,"相敬如宾"才是古人认可的高境界的夫妻关系,彼此当客人,既客气又不能太亲昵,既独立又不能太疏离。传统社会的做人道理,说着简单,做来实难。据说明清时期的大户人家，丈夫不幸去世，妻子依礼必须痛哭，但她的哀伤应该适度。如果让人看到她哭得过于伤心，将会妨害丈夫的名誉，人们会无端猜测她家的男人没有出息，只晓得在内闱厮混，讨妻子欢心。

然而，追求身心的满足和欢愉是烙印在基因中的需求，女人天性对爱情敏感，渴望理解、体贴与呵护。在绣花棚子前，她们一起哼唱《黛玉葬花》《十八相送》等越剧选段，言语中最能见出平常被压抑的情感——她们说到贾宝玉与林黛玉、梁山伯与祝英台的悲剧，竟然一致认为世界上最可怕的绝症是相思病，一经患染，无药可医。祝英台和林黛玉正值妙龄，茶不思，饭不香，相继死于相思病，便是明证。我从小认为相思病是一种比肝癌更加凶险的绝症，要离它越远越好。

现在，我又想起了这些年读过的浙江出土的宋明墓志，古代女性墓志的写法是高度模式化的。

古人说，立德、立功、立言是人生三不朽之事业。"学而优则仕"，当官的履历，便是立功，有诗文传世，便是立言；士绅土财主，修桥铺路，是为立功，有文集数卷藏于家，是为立言。普通人家，立功、立言攀不上，道德则人人有份。于是墓志就专讲立德，把天下的男子都描述成君子的样子。

女子并无立功、立言的要求，于是只说她如何做一个贤妻良母好儿媳。

女人，是父母生的，在未出嫁之前，她的职责是温柔听话、孝顺父母。

嫁为人妇，夫妻之间，相敬如宾，贤惠顺从，据说"嫉妒是女人的天性"，但墓志中的女子绝非如此。丈夫生性豪爽，整日与朋友在家吆五喝六，妻子忙家务，端茶倒水，面无愠色。无论丈夫为人如何，事业成功与否，她都是善解人意的贤内助。

丈夫也是父母生的，做好贤内助之外，还要孝敬公婆，与妯娌和谐共处。为人实在太好了，所以"举族无间言"。

既为人母，一意督促儿子读书。运气好的，儿子考取功名，母以子贵，皆大欢喜。万一希望落空，也没关系，教育儿子专心务本种田，也算美德。

墓志的末尾，通常如此。女人乐天知命，几乎能预知生死。忽有一日，遭得"微疾"，即无伤大雅的急性病，处理后事，丝毫不乱，然后离开，一点也不拖累他人。

女子时时刻刻为别人而活，唯独没有自己，赵氏、钱氏、孙氏、李氏，连名字都没有。这种生活大概是无趣的。所以，多半的女子，甫过中年，即日诵佛经，至死不辍，这与识字与否无关。吃素的人,也以中年妇女居多,女人之间互相诉苦,抱团取暖,开场白都是"前世不修"。女人想得比男人长远,愿意考虑轮回之事。人生艰难如斯,既然前世不修,那就忍一忍,为了来世好好修本世吧。

女人就这样走完一生。你不必奇怪,为什么女子千人一面,既无妒妇,更无悍妇,好像人人都是曹娥、孟母、七仙女。因为妇德对女人的要求,从来一视同仁。

这是古代墓志描绘的女人"完美"的人生图景,与其说是真实的生活,不如说更多折射了社会对女性人格的期待和绑定。直到近现代,大多数农村妇女依然轮回在古人的命运里。

家庭主妇需要应对普遍的贫困,家庭内部繁杂的家务和复杂的人际关系,以及无法从丈夫那里获取的情感支持。如果摊上酗酒、赌博、有暴力倾向的丈夫,简直没法生活。那些个性隐忍、习惯向内攻击的所谓"贤惠"女人,枉自嗟叹命运不好,忍气吞声,甚至选择自杀,吾乡医院的医疗设备和水平不及大城市,大凡疑难杂症,人们都把病人往县里、温州的大医院送,但我们的医生洗胃技术一流,据说是经常抢救喝农药轻生的女人所锻炼出来的临床技艺;那些个性强韧、快意恩仇、勇于向外攻击的女人,即所谓"悍妇",她们掌控了家庭生活中的一切实权,在具体的生活中,很多男人既糊涂,又怕麻烦,强势的女人取而代之,垄断经济大权,主导子女教育,动辄向老实懦弱的男人抱怨、发飙,把本该宁静的家庭搅得不太平。

第十一章 ◇ 超越轮回

1 人是一团情绪

母亲期待伟岸有力的男人来保护她,这一方面出于女人慕强的天性,另一方面因为她特殊的成长环境,外公出逃带来的家庭原罪,让她比一般人更加缺乏安全感。也许,军人或公社干部比较符合母亲的期待,但她高攀不起。父亲倒是门当户对,却无法满足她的想象,托举不住她的忧惧。

在生产队和大家庭中压抑的生活,塑造了父亲害怕冲突的内敛性格,这与敢作敢为的男子气概相去甚远。母亲常常揶揄父亲是"男子汉大丈夫",说明父亲不符合她的期待,更说明她自身缺乏安全感。

结婚之初,家境贫困,吃完上顿没下顿。1968年12月,母

第十一章　超越轮回

亲回娘家待产，哥哥出生在山外张，过完春节，父亲才把母子二人接回家，并捎带回一担南瓜和番薯丝。常言道"贫贱夫妻百事哀"，一有风吹草动，便要争吵。小媳妇的撒手锏是回娘家，一闹脾气，母亲就撇下我们回山外张。父亲不擅家务，做饭夹生，母亲不在，生活乱了套，一家人闷闷不乐，饭桌上大眼瞪小眼，气氛压抑到感觉空气都要爆炸。过一段时间，父亲上门认错，把母亲请回来。有时母亲终究挂念两个孩子，消气了，也会主动回家。每当看到母亲归来，我像连环画中的劳苦大众见到工农红军，甭提有多高兴了。

小吵二四六，大吵三六九。闹得凶的话，母亲瘫坐在地上痛哭，怨叹前世不修，嫁给父亲这样的男人，父亲被惹急了，掀桌子，扔碗筷。在外婆去世以前，母亲动辄赌气回娘家，实在是童年的噩梦。

吵架的原因，多半是母亲抱怨父亲无能。父亲在外头受气，回家接着受气，通常报以沉默，用今天的话说或许叫"冷暴力"。母亲的抱怨好比拳头打在棉絮上，无法流动的情绪，不断累积，像堵塞的管道，终会喷涌而出，酝酿出更大规模的争吵。

生活方式和思想观念的差异，时刻能引发争吵。母亲看中漂亮的热水瓶，买回家，父亲认为旧瓶子尚可凑合，不必浪费；

父亲买回一块肉，母亲称量一下，发现短斤缺两，说父亲缺乏生活常识；父亲主动做起家务、洗碗扫地，母亲不赞美，反而各种挑剔；母亲个性要强，拿父亲与别人家的男人攀比，放大自家缺点，夸张对方的优点，一番比较后，必然沮丧。

农村的卫生状况很糟糕，女人头发长，多生虱子。"滴滴涕""六六粉"是常见的毒性农药，妇女常用"滴滴涕"杀床铺上的跳蚤，以"六六粉"洗头除虱，有人因控制不好剂量而中毒晕倒。父亲懂科学，坚决反对使用农药杀跳蚤、除虱子，但连这种事也能引发争吵。

如果遇到建造新房、暑期"双抢"等特殊时期，更不知要吵闹多少回。父亲被繁重的劳动折腾得身心俱疲，母亲还要喋喋不休，说一次，忍了，说两次，继续忍，第三次还说，父亲的耐心终于耗光，一把秧苗扔过来，或者把水桶砸得稀烂。

人是一团情绪，情绪里蕴藏着真实的自己。庸常琐碎里的抱怨、焦虑和绝望，既源于对他人的不满，更源于对自身能力的不满。累积的情绪，酝酿成铺天盖地的恶意，恶意让人毒舌，毒舌转身为真正的毒蛇，吞噬着亲人的耐心和善意。那些被往事和现实困住的灵魂啊，生活像一团乱麻，千头万绪，缠绕在一起，成为永远打不开的死结。

第十一章　超越轮回

人性之恶，生而有之，夫妻之间也不例外。当夫妻开启了"恶"的互动模式，最是残忍，只费举手之劳能让对方开心的事，我偏不做，明明一句伤害对方的话，我偏要说，可以轻易给对方的一个好心情，我偏不给，偏要让人煎熬。一方主动释放着恶意，另一方被动地回应以恶意，像两个赌气的孩子，一对狭路相逢的冤家。

爱与恨，善与恶，是与非，盘根错节，相克相生。在自我的身上，爱恨善恶同根同源，犹如一枚硬币的两面，犹如太阳照在同一面棱镜上折射出的不同光芒。恶的反面不是善，而是不表达爱。爱的反面不是恨，而是不愿意释放善意。家，首先是讲爱的地方，其次才是讲理的空间。古话说"勿以善小而不为，勿以恶小而为之"，是圣贤对人性苦口婆心的规劝，悲悯之至！然而，红尘男女要经过多少岁月的磨砺，才能参透这句话的真谛。

天下多少夫妻宁愿把冬天留给对方，却将春天付给邻居甚至是萍水相逢的人，他们的耐心宁愿留给外人，也不愿付与伴侣，他们似乎从来没有学过好好说话，尝试让情绪在倾听和包容的氛围中流动且融化。在父母五六十岁之前，争吵随时可能发生，如果天下夫妻的关系如此残忍，我宁愿一辈子不结婚。

父亲的怯弱和谦让,在母亲看来百无一用,她告诫我以父亲为戒,长大后做一个有力量、有威望的男人。男人是女人塑造的,长年的攻击让父亲也自认为无用,我也认同母亲的话。无法从男人那里获取的安全感,转化为委屈和焦虑,于是寄希望于孩子长大为自己撑腰。母亲以控制孩子的方式将焦虑转移给下一代。孩子善于察言观色,发现母亲才是家庭氛围的主宰,于是伪装成懂事的大孩子,迎合母亲的感觉和需求。

今天的我只觉得"懂事"是个沉痛的字眼。贴心小棉袄最容易成为接纳大人坏情绪的垃圾桶,父亲的回避和母亲的怨念,加上对乡村世态炎凉的过早体验,我如一枚青涩的山果被生生焖熟。懂事意味着强烈的自我约束,自我了断天真烂漫的梦想。我从小就懂事,发愿为跳出农门而读书,找一份有颜面的工作,为母亲争气,为家庭争光。

我认定读书升学是唯一出路,只能成功,不许失败。如果小学毕业考不上楚门中学,初中毕业升不到好高中,高中毕业考不上大学,每一道闯关失败都意味着人生的绝路。绝对化的思维方式令人窒息,在小升初考试的前夜,一个十二三岁的孩子竟然会焦虑到失眠。

然而,世界上没有任何事情绝对可控,小到读书升学,大

第十一章　超越轮回

到治国安邦，所有人终将遭遇挫折。纵然英武如秦皇汉武、唐宗宋祖，貌似支配一切，却摆脱不了生老病死，更无法改变人性，貌似为所欲为，却阻挡不了自己的意志终将被后人否决。不确定性才是生活的本质，考不上楚门中学，还有外塘中学呢，外塘中学也有金榜题名考上中专和大学的毕业生，就算考不上大学，人们不也在家乡过着太平日子。

对读书人来说，宋元鼎革只是"亡国"，废除科举才是"亡天下"。按照过去的认知，儒生因此失去阶层上升的管道，在社会上逐渐边缘化，沦为"九儒十丐"。最近读王瑞来先生《士人走向民间：宋元变革与社会转型》一书，明白这只是生活的一个侧面，另一面的事实是无论社会如何改变，生活依然在继续，随着科举"独木桥"的废除，更多人因此而获得解放，践行更多的生活可能性，他们喊出"读书不求官"的口号，自由地从事艺文创作、学术研究，心安理得地做买卖、看风水、当江湖郎中，甚至也不排除入仕的选项，谁敢说在衙门里做胥吏就不算从政呢，只是思维定式限制了我们的想象力，以为举业才是儒生的唯一正途。"失之东隅，收之桑榆"的成语，不是自我宽慰，而是生活真相。传统社会尚且如此，在今日之商业社会，人生更应该广阔如旷野。

以上是我年过半百后的反思。但我当年只是孩子，不可能拥有如此通透的认知，又怎能解决大人们的问题。我爱母亲，所以不能让她失望，害怕她的情绪吞噬家庭的氛围，所以选择听话，放弃自我的感受，以母亲的角度看问题，根据母亲的需要改变观点，认同她否定父亲的能力并且夸大生活中存在的不安全感。凡此种种，对孩子造成深刻的心灵伤害，让自我成长之路困难重重。

我多么想回到过去，从头再来，做一个自由而独立的孩子。

我多么想回到过去，抱一抱那个懂事、敏感而脆弱的孩子。

2　理想之家

一个理想家庭的运行模式,据说可以归纳为一句话:"父爱则母静,母静则子强。"父严母慈,孩子在关爱中成长。

父爱,指父亲对家庭有责任心,挣钱出力,为妻子和孩子提供物质保障和安全感。然而在生产队里,父亲劳力一般,个性温和,能给家庭带来足够的安全感吗?在感情上,父亲固然忠诚,却谈不上浪漫,不会哄人开心,能给母亲足够的情感滋润吗?

母爱,是宁静而稳定的孩子陪伴者,从生养的角度,母亲对孩子的性格形成影响更大。如果说父亲是家庭经济的顶梁柱,那么,母亲则是家庭文化的塑造者。

也许全天下的女子都有成为贤妻良母的潜质,但贤妻良母绝非天生,也不是由《女诫》可以教化。事实上,大多数男人不具备让女人做贤妻良母的能力,问题是为何母亲的情绪会在几十年间始终保持高强度?我猜想,一是童年的心灵创伤,习惯性地放大生活中的不安全感,二是父亲的经济能力和情绪价值有限。彼此缺乏爱就无法体贴人,20多年的吵架,太多情绪的碎片,种种冲突不知因何而起。夫妻相处之道,首先讲爱,其次讲道理,但父亲放不下身段哄人开心。本无缘分的两个人,走到一块,成为我的父母。母亲瞧不起父亲怯懦,父亲看不上母亲没文化。父亲爱我,母亲也爱我,但他们彼此之间爱得并不深沉。

我应该把父亲、母亲还原成普通的男人和女人,把普通男女的情感还原到具体的时代和生活场景中。父亲的优点是谨慎、勤勉,缺点是保守、怯弱,母亲的优点是坚韧、好强,缺点是刻薄、强势。有时候优点恰恰是缺点,缺点反为优点。情绪没有对错,尊重每一种情绪的合理性,庶几可以走近他们的情感世界。

母亲并不如想象中的坚强,在成长经历中,在与邻居的矛盾冲突中,体验她经历过的无奈、恐惧、愤怒、委屈和悲伤,

第十一章　超越轮回

懂得狠话说尽的女人，正是渴望关怀的弱女子。

父亲并不如想象中的虚弱，集体劳动放大了他的弱点，论能力，算是"下才"；包产到户后，论养家糊口的本领，算是"中才"；1996年后，父亲凭借读书识字的才华、耐心负责的性格，为家族编纂族谱，给人讲念佛经，为乡里乡亲所服膺，论能力，堪称"上才"。假如适才适用，虚弱的男人正是有力量的男子。

理解了父母的生活，就能理解朝东屋多数的男女。生活是柴米油盐和一堆理不清、剪还乱的情绪，在时代和人性的宏阔视野下审视个人情绪，犹如在天空中俯瞰土地，情绪自然会变小，才能从个人的小天地中解脱出来。我曾经以为父母吵架天大地大，殊不知这是所有夫妻必经的功课。尽管磕磕绊绊，毕竟白头偕老，倘若以结果倒推过程，争吵未尝不可以看成情感磨合和思想交流的一部分。没有证据表明父母冲突的强度必然高于村庄中的其他家庭，在上世纪七八十年代，朝东屋自然村至少有两名家庭妇女喝甲胺磷轻生。早年的农药例如乐果，毒性不太高，只要送医及时，多能抢救回来，后来有了烈性农药甲胺磷，则必死无疑，可见她们的选择有多决绝。我无法知晓别人的家务事，却能体会逝者的悲伤与绝望，在外人看来，她们是多么逆来顺受的贤惠女人啊。

在理想的家庭中，夫妻双方不能争做加害方和受害者，男人托举女人的不安，女人体谅男人的不易，就像结婚誓言宣称的那样："我们自愿结为夫妻，从今天开始，我们将共同肩负起婚姻赋予我们的责任和义务：孝敬父母，抚育子女，互敬互爱，互信互勉，互谅互让，相濡以沫。今后，无论顺境还是逆境，无论富有还是贫穷，无论健康还是疾病，无论青春还是年老，我们都风雨同舟，患难与共，同甘共苦，成为终生的伴侣！"

当父母年过五十，尤其在哥哥和我相继参加工作以后，随着经济状况的改善，他们开始放下怨念，彼此看见对方陪伴的价值，曾经的欢喜冤家，在细水长流的日子里逐渐磨合成为相互包容的命运共同体。

2022年11月的疫情期间，父亲在做核酸时忽然晕倒，后仰倒地，心跳骤停，经过人工呼吸，心跳复苏，从此陷入深度昏迷，躺在ICU半个多月后，终于醒来，成为一个生活无法自理的失忆者。

在记忆消失之后，才蓦然惊觉，生活由无数多个记忆构成，无论欢乐悲伤，记忆是人的生命力，是情感，是理性，是行动。

第十一章　超越轮回

没有记忆就没有生活，失去记忆的人没有过去，更无未来。

父亲极度虚弱，经过艰难的康复训练，先是勉强坐到轮椅上。在医院的走廊里，由母亲推着，来来回回，像耐心的母亲守护着婴儿。2023年5月后，父亲的身体状况急转直下，连翻身都要人帮忙，直到2024年5月去世，父亲前后卧床18个月。失忆后的父亲，经常呓语，若有需求或者身体不舒服，就喊叫母亲的名字。谁的名字都记不得，只是呼唤母亲。不分昼夜，母亲听闻召唤，来到病床前，喂养他、安慰他、鼓励他，和他说话，陪他流泪。在人生的风烛残年，在遗忘和死亡的双重威胁下，曾经萍水相逢的男女，终于成长为相濡以沫的亲人。是的，是亲情，而非爱情，亲情比爱情深沉，更具有人性的光辉。

多少年来，我困在往事中无法释怀，在漫长的岁月中尝试重新认识父亲母亲，而母亲早已接受命运的安排，接纳生活的一切赠予。在父亲弥留之际，母亲绝不允许他孤单上路，她叮嘱我们必须二十四小时轮流陪侍，一连四五天形影不离。我们担心母亲年纪大，劝她休息，但她总不放心，生怕在她熟睡的时候，父亲撒手人寰。2024年5月5日凌晨3点12分，在一家人的陪伴下，父亲停止了呼吸。母亲目送父亲离去，先是哽咽，然后越哭越响,像小溪汇入江海。

我看在眼里,点滴在心,生命的真相如此简单,生活是无善无恶的觉醒,无悲无喜的当下。我轻轻地拥抱着父母,他们和朝东屋所有的人一样,走过一生一次的人生,第一次做男人,第一次做女人,第一次做夫妻,第一次做父母,在人生旅途中苦修,学习如何爱子女,学习如何做相濡以沫、白首偕老的夫妻。

人的生命历程,犹如一块投向湖面的石头,如果将石头入水之前在空中划过的弧线,比喻为短暂而跌宕起伏的人生,那么,死亡就是石头入水的一瞬间。先是击起一朵浪花,荡漾起的涟漪从中心向四周扩散开来,一圈一圈地放大,搅动自家的村庄,波及附近的村庄,甚至连楚门街上的人都能感知动静。然后,随着波纹的消失,湖面终究恢复平静。

朝东屋的乡里乡亲,大多数仍然住在村庄集资联建的楼房里,个别已经移居到县城或镇里的商品房中。接下来的日子里,他们从四面八方赶来吊唁慰问,在父亲的遗像前鞠躬、上香,有的出谋划策,有的索性留下来相帮。我们一起回忆往事,感慨从人民公社的农耕生活走到今天眼花缭乱的时代,真如一场大梦。我们一起感念父亲在村庄中的好人缘,说父亲在生产队样样吃亏，但如今子女有出息，果真应了吾乡一句老话，"老实人有老实人的佛保佑"。

我眼中淌下的两行热泪，是人生的冰雪消融时刻。我终于与家庭和村庄的往事握手言和，遗憾的是，那些爱我的人和我爱的人，那些伤害我的人和被我伤害的人，都已垂垂老矣，行将就木，就像眼前的朝东屋完全改变了模样。我的感恩和悲伤，我的欢喜和遗憾，化为心灵深处的叹息，向人生致以深切的同情和悲悯。

3 寻找自我

父亲是朝东屋的"另类"农民,一个家庭成分不好的高中生,被读书折损了劳动力,会与孩子说马思聪、傅雷的故事。

母亲鼓励我读书,因为读书改变命运,但她说到父亲,又说读书无用。两种截然相反的说法出自一人之口,让人困惑,我有时会认为读书是危险的事业,考不上大学的读书犹如一场输钱的赌博。

我从小喜欢古代白话小说,尤其是历史类题材的读物,背诵《水浒传》一百零八将,天罡星三十六人,地煞星七十二人,一字不差。1982年,盐务所的黑白电视机播放过一部名叫《鲁迅》的电视剧,邻居说我和电视中的少年鲁迅一样聪明。不切

第十一章　超越轮回

实际的鼓励让我备感鼓舞。"如果今日成为鲁迅，我宁愿明天死去。"这竟然是一个小学生的想法，不可思议。

我宣布长大后要当鲁迅这样的作家，母亲批评道："不要做白日梦，考不上楚门中学，考不上大学，就像大聋和你父亲一样，不三不四，连农民都做不好。"

父亲也认为我应该脚踏实地。从此我再也不在家里提及"作家"之类的话题，害怕被贴上"好高骛远""不三不四"的标签，甚至认为文学本身就很危险，犹如输到倾家荡产的赌博。

高考前夕，母亲希望我念金融或法律专业，她以为这样就能成为有权有势的有钱人。然而，我只是表面遵从，大学志愿几乎全填历史学。此时，我的理想已经改为历史学家，毕竟历史看着比文学安全一点。最后一栏志愿，别无选择，遂填报了性质相近的考古专业。

考古是冷门专业，只要有人填报，大概率会被录取。当我收到厦门大学考古专业的录取通知书，吓坏了，我从小害怕坟墓、棺木、太平间、妖魔鬼怪等一切与死亡有关的意象。考古是要挖墓的，我躲进房间哭一场。

大学的考古专业课，按时代先后编排，先是旧石器，然后依次为新石器、商周、秦汉直至宋元考古。明清两代距今不远，不足为考古工作的对象。如此专门的课程，对多数学生来说相当无趣。当年的老师，在教学之余，另有苦口婆心的职责，巩固学生的专业思想。

现在想来，我对考古并非一味排斥，毕竟考古学以古代遗迹和遗物复原古代社会，与历史学殊途同归。我对考古的兴趣萌发于考古实习期间，大学三年级在江西樟树发掘吴城商代遗址，在四川万县抢救一批即将为三峡水库淹没的汉六朝墓地。

跟人民公社时期的生产队一样，考古队日出而作，晚上挑灯夜战，整理白天的发掘资料。如果伙食太差，第二天上工，抬不起腿，走不动路。周末改善伙食，几块猪肉下肚，随即又能跑了。没有油水的人好比枯竭的拖拉机，我想起当年拉石头的乡亲，必须定期吃一顿鸡子炖酒，体验到营养之于身体的重要性。

实习是一道分水岭。有的同学原来以为考古工作者是在书斋里摩挲古物的鉴定家，不料到乡下挖土，一蹲大半天，和农民没有两样。那些第一志愿填报考古的同学后来大都改行，因为他们起初的设想太过浪漫。我本是农民之子，并无不切实际的想法，反而容易接受职业的真相，再说考古工作能去许多地方，比起我爷爷那一代人老死于朝东屋强多了。

第十一章　超越轮回

在万县的考古队租住于老百姓家,我是班长,听到同学们反映房东贪小便宜,买菜短斤缺两。我激愤地找房东吵架,带队老师说:"大学生的豪情不对着权贵,竟然冲着老百姓,算什么男子汉,老百姓管我们吃住,就算真的克扣一两块钱又能怎样?"这是我此前在老家从未听过的说法,深受震撼。

在考古队离开小山村前夕,房东为我们饯行。满满一桌菜肴,只有一个酒杯,你喝一口,传给下一位,我喝一口,再传给下一位。我不胜酒力,未过三圈,已然大醉。房东挽着我上楼休息,一路叮嘱。我在后来的日子里,每念及此,纵然心如钢铁也成绕指柔。

考古工作者像农民一样贴近土地生活,不同的发掘对象启发我,不同地方的生活多样性感染我,内心埋藏的少年犹如地下的遗址,期待重见天日。

1995年大学毕业,我进入浙江省文物考古研究所工作。浙江考古素有"三朵金花"的说法,河姆渡文化、良渚文化、青瓷窑址是最受人关注的三大领域。我最初从事史前考古,先在桐乡发掘良渚文化遗址,后来到余姚发掘河姆渡遗址。但史前社会没有文字,没有文字就没有具体人物和具体事件,更见不到具体人的喜怒哀乐。我认为史前考古不适合我,于是改行历史时期考古，放弃了"三朵金花"中的前两朵，只好选择第三朵花，从事越窑青瓷遗址的发掘和研究。

山坡上分布着一条长约50米的龙窑，窑头点火，分段投柴，把窑内的瓷器烧熟。每隔几十年，前窑废弃，人们在旧窑之上建造新龙窑。两三百年间形成的瓷器废品遗弃在龙窑两侧，由瓷片和匣钵堆成的"垃圾山"，足有七八米高。地层堆积随地形起伏，自下而上，逐层叠压，每一层都代表某个时期一窑或多窑的产品，早期地层叠压在晚期地层之下，分成几十层。

根据地层叠压的早晚关系，将不同地层出土的瓷器，分门别类，在房间里平摊开来：碗一类，盘一类，坛坛罐罐又一类；不同的碗，根据口沿形态差异，再分成若干小类。分类可以持续细化，先按照器物、形态分类，再按照纹饰、烧造工艺分类，每一类都要统计数量。

埋首于坛坛罐罐的汪洋大海，发掘、分类、排队、绘图、拍照、编写报告，既锻炼人的观察能力，也磨砺人的意志。人民公社时期生产队"双抢"的劳动强度，也不过如此。

工作虽辛苦，但不孤独，社会上有很多古代瓷器的爱好者，工地上经常高朋满座。五六年后，我却发现瓷器研究依然并不十分符合我的天性。我有一位热爱青瓷的朋友，说整理越窑瓷片犹如摩挲少女的肌肤，真是享受，由于热爱，所以他能长期投入。而我再次做了逃兵——2006年，我决定改行宋代墓葬考古。

朋友说我始乱终弃，先是放弃两朵金花，如今索性连第三朵花也不要了，居然从事无人问津的宋墓。在人们看来，宋墓远不如"三朵金花"重要，曾经高朋满座的考古工地，只落得门庭冷落车马稀。

哲人说，人们在某个领域能够走多远，主要取决于热爱程度。那么，我热爱什么？在35岁前后，我来到人生的十字路口，这是迟到的青春叛逆，早来的中年危机。

我深陷于焦虑之中，连朋友称赞我的才华，我都不相信有才华的我是好的，甚至认为才华本身就危险。似乎唯有埋首故纸堆中，才能感觉充实，而放下书本，焦虑又如影随形。

朋友说，无以名状的焦虑通常与意义相关，而意义与死亡相关，人生必然会死，却又始终活不出意义。朋友建议道："考古工作挺好！好就好在有机会发掘古墓，打开棺椁的一刹那，直面生死，会倒逼我们思考人生。"

勇敢探索意义的真相吧，怕什么就来什么吧，纵然达不到将生死置之度外的境界，多发掘古墓，至少也可以脱敏。

此后的七八年，我每到一地，调查、发掘宋代的墓地，访墓志碑刻，查阅方志族谱。古墓葬连接着过去与当下、存在与虚无，是认识历史、体验人性的绝佳素材。

2010年起，我在报刊上长期开设"考古人茶座"专栏，主要取材于考古工作经历，但围绕古墓葬的写作是最好看的，因为古墓葬自带情感和思想张力，可以充分调动起本人和读者的情感共鸣。

我貌似朝三暮四，自我放逐到边缘，但内在的心路轨迹，历历可数。先放弃史前考古，继而离开瓷窑址考古，投身于宋墓和佛教石窟造像等领域，其实是以迂回的方式回归中学时期的志愿——我要做历史学家，一名干考古的历史学家，毕竟相对于史前和瓷窑址考古，古墓葬更容易与历史学议题对接。2023年，拙著《读墓：南宋的墓葬与礼俗》获得第十二届"邓广铭学术论著奖"一等奖，这份来自宋史学界的认可，对我而言，岂止是鼓励，也是救赎——青少年时期的志趣，庶几更接近真实的自我。

我的业余写作，尝试将考古、历史、田野、读书、个人情感和生命体验整合起来，煮出一锅百味杂陈的文字，这组文章陆续结集出版为《考古四记：田野中的历史人生》《考古者说》。

第十一章　超越轮回

这种无法归类的文体，不是学术论文，不是考古报告，甚至不算科普文章，与本职工作的业绩考核毫无关系，那我为何愿意投入时间和精力呢？我的文章经常以闲笔的形式致敬鲁迅先生。是的，我挣扎着以一种更加迂回的方式回归少年时期的理想，文学梦是更早的初心，更加接近真实的自我。我为宋墓编写纯客观的考古报告，尝试从宋墓窥探世态人情的变迁，甚至写作文艺性的散文，只为寻找迷失的自我。

终于有一天，我发现内心的冲突与成长经历有关。曾几何时，我发愤读书只为不当农民，这是对乡村生活的否定，也是对普通人价值的否定。子曰"五十知天命"，人到一定年龄会倾向于认命，承认人生际遇皆有定数，既然无法逃脱，就与往事和欲望和解，摒弃"人上人"的执念。在朝东屋自然村，我爷爷奶奶、父亲母亲那一代人，比我勤劳、聪明的大有人在，却长期生活在贫困中，只有赶上改革开放的时代，物质生活才有本质的提升。但好时代并非历史常态，我们感恩自己没有生活在明清鼎革、军阀混战、日寇入侵的兵荒马乱之中。好人、好运和好时代，赶上就赶上了，没赶上就没赶上，好好坏坏的时光都只陪伴我们走一程，如果认为太平盛世是历史常态，那不是普通人该持的平常心。

曾几何时，母亲和父亲两股相反的力量拉扯着我，我生来就和父亲一样是书生底色的人，却一心想要成为母亲期待的那种有权有势、呼风唤雨的人，那是个一点都不像父亲的人。我的叛逆是对父亲的否定，也是对与生俱来的天性的否定。表面上，我对母亲言听计从，而实际的选择，无论填报大学志愿，还是在考古、历史学术和文艺等"无用之事"上殚精竭虑，又处处听从父亲的感召。人过中年，当我发现自己与父亲越来越像，竟然因此感到恐慌，说明我从未真正张开双臂接纳真实的自我。

在父亲斑驳的日记里，我看到他对远行儿子的深情。为了家庭，他走街串巷摆地摊。我是他牵挂的儿子，也是和他具有同样禀赋的儿子，那些流在血液中的东西无法更改，而我却一度想要成为和他相反的人。在后来的工作和生活中，当我越往前走，就越能发现自我，越能感觉内心深处的曾经被击倒在地的父亲，正在重新站立起来，在不远的前方等待着我。

村庄是大一点的家庭，家庭是小一点的村庄。我越理解父亲，就越能理解乡亲和他们生活的时代。我确信，父亲如果考上大学，一定会和我一样追求知识、趣味和思想，或许也会成为某个领域的专家，或许也对家乡饱含深情。我与他唯一的区别，我们生活在不同的时代，我上大学干考古，他在乡下做农民。我越理解父亲，就越能理解母亲，面对不确定的生活旋涡，谁都希望自己的伴侣更加强大、更加体贴。他们的亲情在岁月磨砺中持续加深，在垂暮之年，终于进化成真正的命运共同体。我走过的道路，与他们重合的部分越来越多，而尚未重合的部分，预示着我将要走完的余生。

在父亲81岁那年，我送他一本《老年实用手册》，这本书教人如何安排后事，如何归纳人生。父亲说，这就是他想要的书。而我笃信，除了做自己，我不可能成为任何别的人，接纳自己的禀赋，面对自己的人生，完成自己的使命。我要把学术做好，留下好的知识，我想把文章写好，留下好的故事，就像我的父母，遍尝酸甜苦辣，携手走过人生。这是属于我的痕迹，也是他们想要实现的人生。

后　记

大约10年前，我与朋友况正兵先生相约合作一本书，他写他的故乡重庆垫江，我写我的故乡浙江玉环。但我很快发现，这不是个好主意，每个人关于故乡的经历和体验，是独一无二的。我的文字匹配不了他的生活，反之亦然。

后来，况正兵独立出版了散文集《低头思故乡》，写家乡，写父母，感情之真挚，令人动容。当然，我为家乡写一本书的初心，从未遗忘。

2022年11月4日，父亲在老家做核酸检测，突然眩晕倒地，不省人事。当时我正在嘉兴开会，待我赶回老家，父亲已经躺进医院的ICU，陷入深度昏迷。辗转送至杭州的大医院，17天

后　记

后，父亲终于醒来，从此成为生活无法自理的失忆者。

此后的一年有余，每隔一段时间，我都会回家，到医院陪侍父亲。当亲人的记忆消失后，才蓦然发现，人们的情感和思想，乃至生活本身，均由记忆构成。记忆一旦消失，生命其实就已结束。

在玉环市第二人民医院的住院部，尤其是夜深人静之时，我陪伴父亲说很多很多的话，关于家乡和乡亲的往事，关于我对亲人和家庭的爱恨。在完成喂食、翻身、拍背，待父亲入睡后，我会拿出电脑，整理刚才说过的话语。这不是讲述，而是倾诉，只有倾诉的感觉，才是对的！我希望能够唤回父亲的记忆，希望他能知道我的心事。阿爸，哪怕你支起身来驳斥我的观点，也好过不分昼夜地躺在病床上无助地茫然四顾啊。

我知道，该到写这本书的时候了。毫无疑问，父亲是本书的第一位读者，虽然他听不懂我的话，像个若无其事的旁观者。

在楚门和乐清湾之间，先辈围起海塘，涨出一片滩涂地。300多年前，有个名叫郑士宝的农民，从温州瑞安县前来定居，在此种田、晒盐。1972年，士宝公的第八代孙也就是我诞生之时，朝东屋已然是个两三百人的自然村。谁能预料，在接下来的半个世纪里，人们的生活将会发生翻天覆地的变化，从农耕社会到工业社会,从工业社会到信息社会,浓缩发生于短短30年间的乡村变迁,超过了传统社会以300年为尺度的总变量。儿时奔跑的田野,如今是钢筋水泥的丛林,熟悉的一代代人逐渐凋零,化身为族谱里一行行简短的文字。我熟悉的村庄早已经消失,只留下或深或淡的回忆。

我的回忆至多能把乡村历史追溯到一百来年,那是我的父辈所能回溯的年代上限。在本书的上编,我本来想写乡亲们的故事,但很快发觉自己的无能为力,因为我没有深入了解所有的乡亲,甚至无法准确写出他们的名字,关于他们的印象,只有一些不连续的片段,我无法有头有尾地讲述任何一个人的故事。想当年,初次观看侯孝贤的电影《童年往事》《恋恋风尘》,没有完整的故事,只有一个个场景或片段,颇不以为然。后来明白,附丽着个人情感的片段,也许比那些有头有尾的故事更加真实。我们的记忆本来就由无数个碎片组成——这些内化于自身的生命碎片,可以拼凑出色彩斑斓的童年和故乡。

下编是围绕以父母为中心的写作,那是因为在村庄中,只有对父母的了解可以算比较全面。家庭是村庄的一部分,父母是乡亲的一分子。我尝试写出父母的故事,父母也是观察朝东屋的角度和尺度,从他们的故事,推己及人,或许可以加深我

后 记

对朝东屋的认识。在那些夜晚,我不断向父亲倾诉,诉说我的感恩和委屈,不知道该如何停止,直到哽咽。于是,这一章、这一节、这一段的书写,也就可以停下来了。

倾诉和书写,是接近故乡、超越父母的方法。我念兹在兹的村庄的发展史、乡亲的心灵史,在外人看来,可能微不足道,如果没有人书写和记录,那些微末的历史就等于没有发生。人活在世上,有情感,有体验,有意志,有喜悦,有痛苦,有迷茫,写作是把这些具象化的过程。所以,写作首先是自我修炼,其次是他人的需要,通过书写,把生活当成命运,毫无抱怨,一点点吃下去,然后,把情感和思想变成干净利落的语言刀锋,一片片飞出来。

据说,一个油画家可以在画布上无限地涂抹下去,对画家能力的检验,就看他在何时何处停下画笔。同理,一本关于家乡的书也可以没完没了、喋喋不休,我应该搁笔于何时何处?在书写中探索,寻找真实的自己,看清楚来时的路,庶几可以处理自己与他人及世界的关系。当我感觉到自己终于可以与成长经历和解,与乡亲和解,与父母和解,人生只有唯一坚定的力量:爱。爱自己,爱他人,爱家乡,爱世界。当觉悟的时刻降临,我就应该搁笔了。

感谢我的朋友建筑史学者刘妍和作家周华诚，允许我引用他们的"名人名言"作为上、下编的引首语。虽然我对原文做了些许加工，但是语录的著作权，依然属于他们。

感谢我的出版人朋友况正兵，2010年与他的相识，逐渐唤醒了我蛰伏已久的文学梦想。在此之前，我已经很久没有文艺阅读，一心一意想做纯粹的考古学者，此后我阅读的文学名著几乎都是他推荐的。小书承蒙况正兵赐序，我的朋友读过他的文章，人人说好。

感谢我的书法家朋友邵路程，小书付梓前夕，编辑说："毕竟是一本有温度的书，以方方正正的宋体字作为封面的书名，过于'理性'了，要不以你的手写体做书名吧，何如？"我遵嘱试了几遍，怎么也写不好"东"这个简化字，只好求助于邵路程。邵路程书写了几十款书名，供我挑选。果然大手笔！我一眼选中其中的一款，也就是现在印在封面上的"朝东屋"三字。

郑嘉励
乙巳仲夏